La clase de griego

HAN KANG
La clase de griego

Traducción del coreano de Sunme Yoon

RANDOM HOUSE

Papel certificado por el Forest Stewardship Council®

Penguin
Random House
Grupo Editorial

Título original: 희랍어 시간

Primera edición: septiembre de 2023

© 2011, Han Kang
© 2023, Penguin Random House Grupo Editorial, S. A. U.
Travessera de Gràcia, 47-49. 08021 Barcelona
© 2023, Sunme Yoon, por la traducción

La traducción de esta obra se realizó con el apoyo de Daesan Foundation

Printed in Spain – Impreso en España

ISBN: 978-84-397-4181-7
Depósito legal: B-11.997-2023

Compuesto en La Nueva Edimac, S. L.
Impreso en EGEDSA (Sabadell, Barcelona)

RH41817

1

Borges le pidió a María Kodama que grabara en su lápida la frase «Él tomó su espada, y colocó el metal desnudo entre los dos». Kodama, la hermosa y joven mujer de ascendencia japonesa que fuera su secretaria, se casó con Borges cuando este tenía ochenta y siete años y compartió los últimos tres meses de la vida del escritor. Ella fue quien lo acompañó en su tránsito postrero, que acaeció en Ginebra, la ciudad donde el escritor pasó su infancia y donde deseaba ser enterrado.

Un crítico escribió en su libro que esa breve frase grabada en su lápida representaba «el filo acerado». Sostenía que esa imagen era la llave que permitía el acceso a la obra de Borges, que esa espada separaba la literatura realista anterior de la escritura borgiana. A mí, en cambio, me sonó más a una confesión personal y callada.

La breve frase es la cita de un antiguo poema épico nórdico. La primera y asimismo última vez que un hombre y una mujer pasaron juntos la noche, una espada colocada sobre el lecho separó a ambos hasta la madrugada. ¿Qué otra cosa pudo ser ese «filo acerado», sino la ceguera que aquejó a Borges en sus últimos años y lo aisló del mundo?

Aunque he estado alguna vez en Suiza, nunca he ido a Ginebra, pues no me apetecía visitar la tumba de Borges para verla con mis propios ojos. En su lugar, recorrí la biblioteca de la abadía de San Galo, que de seguro habría provocado en el escritor argentino una fascinación sin límites si la hubiera conocido. Hasta me parece sentir en este momento la aspereza de las zapatillas de fieltro que nos hicieron calzar para proteger el suelo de madera de mil años de antigüedad. Luego tomé un barco en el embarcadero de Lucerna, que navegó por el lago hasta el atardecer bordeando la costa de los valles alpinos cubiertos de nieve.

No tomé fotos en ningún sitio. Los paisajes quedaron impresos en mis retinas. La cámara no puede registrar los sonidos, olores y texturas, pero estos se grabaron con todos sus pormenores en mis oídos, nariz, cara y manos. En aquel entonces, la espada no me separaba todavía del mundo, así que me bastó con eso.

2

MUTISMO

Ella junta las manos cerca del pecho y, arrugando la frente, mira hacia la pizarra negra.

—Lea, por favor —dice el profesor, que lleva unos lentes gruesos de montura plateada, esbozando una ligera sonrisa.

Ella entreabre la boca, se moja el labio inferior con la punta de la lengua, retuerce las manos en silencio y con rapidez. Abre los labios y los cierra. Contiene la respiración y luego inhala una bocanada de aire.

Con aire paciente, el profesor retrocede un paso hacia la pizarra y repite:

—Lea.

Los párpados le tiemblan como los rápidos aleteos de un insecto. Cierra con fuerza los ojos y los abre, como si deseara ser transportada a otro sitio en ese breve instante.

Él se cala los lentes con los dedos manchados de tiza y la anima:

—Vamos, hable.

Ella lleva un suéter de cuello alto y pantalones negros. La chaqueta colgada en la silla también es negra, y lo mismo el bolso grande de tela y la bufanda de lana que guarda dentro. Sobre esas ropas propias de un velorio, se alza su cara enjuta, alargada y áspera como moldeada con arcilla.

No es joven ni especialmente atractiva. Su mirada denota inteligencia, pero no es muy perceptible por el temblor espasmódico en el párpado que la aqueja. Los hombros y la espalda están ligeramente encorvados, como si quisiera refugiarse en sus ropas negras para huir del mundo, y tiene las uñas cortadas muy al ras. En la muñeca de la mano izquierda lleva un coletero de terciopelo morado oscuro, la única nota de color en ella.

—Leamos todos juntos.

Como no puede seguir esperándola indefinidamente, el profesor pasea la mirada por el estudiante universitario de cara aniñada sentado en la misma fila que ella, por el hombre maduro tapado a medias por la columna, y por el joven corpulento y algo encorvado que está junto a la ventana.

—*Emos, heméteros*; mi, nuestro —leen los tres alumnos en voz baja con timidez—. *Sos, huméteros*; tu, vuestro.

El profesor aparenta unos treinta y cinco años. De complexión más bien pequeña, tiene las cejas y el surco de debajo de la nariz bien definidos. Su boca dibuja una sonrisa leve, como reprimiendo sus emociones. Lleva puesta una americana de pana marrón con coderas de piel en un tono más claro, cuyas mangas, ligeramente cortas, dejan ver sus muñecas. Ella le mira la pálida y fina cicatriz curva que se extiende desde su ojo izquierdo hasta la comisura de la boca. Cuando se la descubrió al comienzo del curso, pensó que parecía un mapa antiguo que marcaba el camino por donde habían fluido las lágrimas.

El profesor observa a través de sus gruesos lentes verdosos la boca que ella mantiene cerrada con firmeza. Se desvanece la sonrisa de sus labios y aparta la vista. Con expresión rígida, se pone a escribir una oración en griego en la pizarra. Antes de terminar de poner los acentos, la tiza se rompe en dos y cae al suelo.

*

A finales de la primavera del año anterior, ella también se apoyaba en una pizarra con los dedos manchados de tiza como él. Cuando pasó un minuto o más sin que pronunciara la siguiente palabra, los estudiantes empezaron a murmurar. Con los ojos muy abiertos, ella tenía la vista fija en un punto del vacío que no era la clase ni el techo ni la ventana.

—¿Se siente bien, profesora? —le preguntó una chica de pelo rizado y ojos dulces que estaba sentada en primera fila.

Ella intentó sonreír, pero le tembló el párpado. Apretando con fuerza los labios temblorosos, murmuró desde algún lugar más profundo que la lengua y la garganta: «Ya está aquí de nuevo».

Los cuarenta y tantos estudiantes se miraron unos a otros y empezaron a cuchichear de un pupitre a otro: «¿Qué le pasa? ¿Qué tiene?». Lo único que podía hacer ella era marcharse del aula con la mayor calma posible, y eso fue lo que hizo. En el instante en que salió al pasillo, como si alguien hubiera encendido los altavoces, los murmullos apagados se amplificaron en un clamor atronador que se tragó el sonido de sus pasos sobre el pasillo de baldosas.

Después de graduarse, había trabajado durante algo más de seis años en una editorial y en una agencia de publicaciones. Desde hacía siete años se dedicaba a dar clases de literatura en dos universidades y en un instituto de artes. Además, escribía poesía y había publicado tres antologías a intervalos de tres o cuatro años; también contribuía con una columna en una revista literaria quincenal; y últimamente asistía los miércoles por la tarde, en calidad de miembro fundador, a las reuniones de planificación de una revista cultural que todavía no tenía nombre.

Sin embargo, como aquello le había vuelto de nuevo, tuvo que interrumpir todas sus actividades.

Aquello no tenía causa alguna ni tampoco mostraba síntomas precursores.

Claro que algo tendría que ver que su madre hubiera fallecido hacía seis meses, que ella se hubiera divorciado, que hubiera perdido la custodia de su hijo de ocho años después de tres juicios y que el niño estuviera viviendo con su padre desde hacía cinco meses. El psicoterapeuta de pelo canoso al que iba a ver semanalmente por el insomnio que sufría desde que había tenido que enviar a su hijo con su exmarido pensaba que ella se negaba a reconocer las causas más que evidentes de su problema.

«No es eso —escribió ella en el cuaderno que estaba sobre la mesa—. No es tan simple».

Aquella fue su última sesión. La psicoterapia a través de la escritura consumía demasiado tiempo y daba lugar a malentendidos. El profesional se ofreció a recomendarle a un colega especializado en problemas de lenguaje, pero ella lo rechazó cortésmente. Más que nada, no estaba en condiciones económicas de permitirse un tratamiento tan caro.

*

De pequeña había sido una niña muy despierta. Su madre se lo recordó siempre que pudo mientras recibía quimioterapia, como si quisiera dejárselo bien claro antes de irse de este mundo.

Puede que su madre estuviera en lo cierto en lo que respecta al lenguaje, puesto que ella aprendió a leer sola a los tres años. Lo hizo memorizando las letras, sin tener todavía la comprensión de lo que eran las vocales y las consonantes. Su hermano mayor acababa de empezar la escuela y, jugando a ser maestro, le enseñó el alfabeto coreano antes de que ella cumpliera los cinco años. Aunque no llegó a entender del todo la explicación, se pasó el resto de esa tarde de primavera de cuclillas en el patio pensando en las vocales y las consonantes. Entonces descubrió que la ㄴ de la palabra «나», na, sonaba ligeramente diferente de la palabra «니», ni; y que lo mismo sucedía con la ㅅ de «사», sa, y «시», si. Luego agrupó mentalmente las vocales que podían formar diptongo y cayó en la cuenta de que el único diptongo que no existía en su lengua materna era la unión de ㅣ y ㅡ, en este orden, por lo que tampoco había manera de escribirlo.

Estos pequeños descubrimientos le provocaron una emoción y una impresión tan intensas que cuando el psicoterapeuta le preguntó, más de veinte años después, cuál era el primer recuerdo vívido que conservaba, lo que le vino a la mente fue cómo caían los rayos de sol en el patio aquel día, el calor que sentía en la espalda y la nuca, las letras que garabateó en el suelo con un palillo, y la maravillosa promesa de los sobrecogedores sonidos asociados a esas letras.

Cuando entró en la escuela primaria, empezó a anotar palabras en las últimas hojas de su diario. Sin ninguna relación ni propósito, escribía las palabras que le habían causado alguna impresión. De todas ellas, la que guardaba como un tesoro era «숲» (bosque), cuya forma le recordaba a una antigua pagoda: ㅍ era la base, ㅜ el cuerpo y ㅅ la cúpula. Le gustaba que hubiera que entrecerrar los labios y dejar pasar el aire lenta y cuidadosamente para pronunciar ㅅ ㅜ ㅍ; y que al final hubiera que sellar los labios para que la palabra se completase en el silencio. Cautivada por esta palabra cuya pronunciación, significado y forma estaban envueltos en tanta quietud, la escribía una y otra vez: 숲. 숲. 숲.

A pesar de los recuerdos de «niña brillante» que conservaba su madre, no llamó la atención de nadie durante la escuela primaria y secundaria. No creaba problemas, pero tampoco sobresalía por sus notas; y si bien hizo algunas amistades, no se veía con ellas después del colegio. Era una chica tranquila que no perdía el tiempo mirándose al espejo, salvo cuando se lavaba la cara; y, menos todavía, se sentía atraída por los chicos o los romances. Cuando salía del colegio, iba a una biblioteca pública y se ponía a hojear libros que no eran de estudio; y por las noches, se quedaba dormida leyendo debajo de las sábanas los que había sacado prestados. Solo ella sabía que su existencia se dividía radicalmente en dos. Las palabras que anotaba en las últimas páginas de su diario cobraban vida y se unían por sí solas creando oraciones insólitas. Por las noches, el lenguaje penetraba en sus sueños como un punzón, provocando que se despertase sobresaltada. El no poder dormir le ponía los nervios de punta y a veces un dolor inexplicable le atenazaba la boca del estómago como un hierro candente.

Lo que más le costaba soportar era que podía oír con una claridad escalofriante las palabras que pronunciaba cada vez que abría la boca. Por muy insignificante que fuera la frase, dejaba traslucir, con la fría claridad de un trozo de hielo, la perfección y la imperfección, la verdad y la mentira, la belleza y la fealdad. Sentía vergüenza de las oraciones que se desprendían de su lengua y de sus dedos como blancos hilos de telaraña. Le daban ganas de vomitar. Y de gritar.

Aquello le ocurrió por primera vez el invierno en que cumplió dieciséis años. El lenguaje, que la aprisionaba y la hería como una prenda hecha con miles de alfileres, desapareció de un día para otro. Podía oírlo, pero un silencio como una gruesa y compacta capa de aire se interponía entre el caracol de sus oídos y el cerebro. Rodeada por ese silencio oprimente, no podía acceder a la memoria que le permitía mover la lengua y los labios para pronunciar las palabras y sostener con firmeza el lápiz. Había dejado de pensar con el lenguaje. Se movía y lo comprendía todo sin acudir a la lengua. Un silencio anterior al habla, anterior incluso a la existencia, absorbía el fluir del tiempo y la envolvía por dentro y por fuera como una esponjosa capa de algodón.

Asustada, su madre la llevó a un psiquiatra. El profesional le recetó unos medicamentos que ella escondía debajo de la lengua para enterrarlos después en el parterre. Durante seis meses, pasó las tardes sentada en cuclillas en un rincón de ese mismo patio donde aprendió los secretos de las consonantes y las vocales. Antes de que llegara el verano, se le había puesto morena la nuca y le había aparecido un sarpullido en la nariz. Cuando la salvia escarlata empezó a abrir sus flores rojinegras, nutriéndose de los medicamentos que ella había enterrado, el médico y su madre acordaron que volviera al colegio, pues era evidente que quedarse encerrada en casa no había ayudado a su recuperación, además de que tenía que pasar al siguiente curso.

El instituto público, en el que entró por fin meses después de haber recibido la carta de admisión en febrero, le resultó tétrico y desolador. El programa de estudios era demasiado avanzado; los profesores, tanto los jóvenes como los mayores, eran todos autoritarios; y sus compañeros la ignoraban porque no abría la boca en todo el día. Cuando la llamaban para leer el libro de texto o repetir en voz alta las instrucciones de educación física, se quedaba inmóvil y con los ojos fijos en el profesor, por lo que, indefectiblemente, terminaba siendo castigada al fondo de la clase o recibiendo una bofetada.

Contrariando las expectativas de su madre y del médico, la vida escolar no resquebrajó su mutismo; más bien se llenó de un silencio todavía más nítido e intenso, como el interior de una tinaja a oscuras. De camino a casa, andaba sin peso alguno por las ajetreadas calles como si se moviera dentro de una enorme pompa de jabón. En esa quietud ondulante, semejante a la que se ve desde el fondo de una piscina cuando se alza la vista hacia la superficie del agua, los automóviles pasaban rugiendo atronadores por su lado y los transeúntes la golpeaban con los codos en el hombro o el brazo antes de proseguir su camino.

Pasó el tiempo y comenzó a hacerse preguntas.

Un día, cuando faltaba poco para las vacaciones de invierno, durante una clase como cualquier otra, de pronto recordó el lenguaje sin darse cuenta, como si recuperase un órgano atrofiado, a raíz de una palabra en francés que llamó su atención.

Quizá ocurrió en la hora de francés, y no en la de inglés o la de escritura china, porque era un idioma extranjero que ella había elegido y estaba aprendiendo por primera vez. Levantó la vista hacia la pizarra como siempre y de pronto la fijó en un punto. El profesor, bajo y medio calvo, pronunciaba la palabra señalando la pizarra. Sin pretenderlo, movió los labios como una niña pequeña y pronunció «bibliothèque» en un murmullo, lo que resonó en algún lugar más profundo que la lengua y la garganta.

No fue consciente de la importancia de ese instante.

Por aquel entonces el terror era todavía algo vago y el dolor vacilaba en desplegar su infierno abrasador en el vientre del silencio. Allí donde confluían la ortografía, la fonética y los significados holgados, una mecha entrelazada de alegría y culpa empezó a consumirse lentamente.

*

Poniéndose derecha como una niña a la que van a revisarle las uñas, posa las manos sobre el pupitre y baja la cabeza, mientras escucha la voz del profesor que resuena en el aula:

—¿Se acuerdan de que les expliqué la semana pasada que el griego tiene una tercera voz, además de la activa y la pasiva?

El joven que se sienta en la misma fila que ella asiente con énfasis. Es un estudiante de filosofía de segundo año, pero las mejillas regordetas y la frente granujienta le dan un aire de muchacho listo y travieso.

Ella gira la cabeza y su mirada se posa en el perfil del estudiante de posgrado sentado junto a la ventana. Se había sacado a duras penas el pregrado de Medicina, pero, incapaz de responsabilizarse de la vida de otras personas, estaba cursando ahora un posgrado de Historia de la Medicina. Corpulento, de mejillas carnosas y papada, usa unas gafas redondas de pasta negra. A primera vista da la impresión de ser un bonachón y suele intercambiar bromas tontas con el joven estudiante de filosofía durante los descansos. Sin embargo, apenas empieza la clase, su actitud cambia por completo y se hace evidente que tiene miedo de equivocarse y está tenso todo el tiempo.

—Esta voz, que se llama voz media, sirve para expresar acciones cuyos resultados recaen en el sujeto.

Al otro lado de la ventana, los lúgubres edificios de apartamentos aparecen iluminados aquí y allá con luces de tonalidad anaranjada. Las ramas negras, raquíticas y desnudas de unos árboles jóvenes se confunden con la oscuridad. Ella observa en silencio ese paisaje desolado, la expresión temerosa del corpulento estudiante de posgrado y las muñecas pálidas que asoman de la camisa del profesor de griego.

La pérdida del habla que sufre de nuevo no es cálida ni intensa ni nítida como hace veinte años. Si el primer silencio se parecía al de antes del nacimiento, el de ahora se parece al de después de la muerte. Si antes era como mirar el ondulante mundo exterior desde el fondo submarino, ahora se ha convertido en una sombra que se arrastra por la dura superficie de paredes y suelos mientras contempla desde fuera la vida que transcurre en un gigantesco tanque cisterna. Podía oír y leer cualquier palabra, pero no podía abrir la boca y pronunciar los sonidos. Era un silencio frío y extraño, como una sombra sin cuerpo, como el tronco vacío de un árbol muerto, como la materia oscura que llena el espacio sideral.

Veinte años atrás, la había tomado por sorpresa que una lengua extranjera desconocida, y no la materna, quebrase su mutismo. Si ahora estaba aprendiendo griego antiguo en una academia privada era porque esta vez quería recuperar el habla por su propia voluntad. A diferencia de los otros alumnos, a ella no le interesaba leer a Platón, Homero o Heródoto en su idioma original, ni tampoco los textos posteriores en griego koiné. Si hubiera habido un curso de algún otro idioma que usara una escritura todavía más exótica que el griego, como birmano o sánscrito, se habría matriculado sin el menor titubeo.

—Por ejemplo, si utilizara la voz media del verbo «comprar», querría decir que compré algo para mí. La voz media del verbo «amar» significa que el amar algo o a alguien afecta de algún modo a mi persona. En inglés existe la expresión *kill himself*, ¿verdad? En griego, se puede decir lo mismo con una sola palabra, sin necesidad de ese *himself*, usando la voz media. De esta manera... –explica el profesor, al tiempo que escribe en la pizarra–: διεφθάρθαι.

Después de mirar con detenimiento los caracteres, toma el lápiz y copia en el cuaderno la palabra. Nunca antes se había topado con un idioma de reglas tan complicadas. Los verbos cambiaban de forma según el caso, el género y el número del sujeto, y de acuerdo al tiempo, al modo y a las tres voces. Gracias a todas esas meticulosas reglas increíblemente elaboradas, las oraciones eran simples y claras. No era necesario especificar el sujeto ni tampoco respetar el orden de las unidades sintácticas. Esa única palabra, que era un verbo en voz media y en tiempo perfecto –lo cual indicaba que la acción se había completado–, y con un sujeto varón y en tercera persona, expresaba de manera sintética que «Él había intentado matarse alguna vez».

Ocho años atrás, cuando su hijo empezó a hablar, ella soñó con una palabra única que sintetizaba todas las lenguas. Fue una pesadilla tan vívida que se despertó con la espalda empapada en sudor. Se trataba de una palabra sólidamente comprimida por una densidad y una fuerza gravitatoria descomunales. En el instante en que alguien la pronunciara, esa lengua explotaría y se expandiría como la materia de los tiempos primigenios. Cada vez que, intentando dormir a su hijo al que le costaba tanto conciliar el sueño, caía en un ligero duermevela, soñaba que la inmensa masa cristalizada de esa lengua de peso colosal se instalaba en su corazón caliente, en el centro de sus palpitantes cavidades, como si fuera pólvora fría.

Apretando los dientes al acordarse de esa sensación gélida y escalofriante, ella escribe: διεφθάρθαι.

Una palabra fría y sólida como una columna de hielo.

Una palabra tan extremadamente autosuficiente que no necesita unirse a otras para ser entendida.

Una palabra que solo puede pronunciarse después de haber decidido, de un modo irrevocable, la causalidad y la actitud.

*

Las noches no son silenciosas.

El fragor ensordecedor de la autopista a solo media calle de distancia desgarra sus tímpanos como miles de cuchillas de patines sobre hielo.

La magnolia púrpura, que ha empezado a dejar caer sus pétalos heridos, brilla bajo las farolas de la calle. Ella atraviesa el aire de la noche primaveral bajo las ramas curvadas por el peso de las flores voluptuosas, que esparcirían un dulce perfume si las estrujara. Aunque sabe que nada resbala por sus mejillas, cada tanto se enjuga la cara con ambas manos.

Pasa junto al buzón, que solo contiene publicidad y facturas, y mete la llave en la cerradura de la pesada puerta que está junto al ascensor.

Como está decidida a recuperar la custodia de su hijo, las huellas del pequeño permanecen inalteradas en la casa. Los cuentos que le leía desde los dos años se encuentran en la estantería baja, junto al viejo sofá tapizado en tela; y las cajas de cartón, adornadas con adhesivos de animales, están llenas a rebosar de piezas de Lego de todos los tamaños.

Adquirió a propósito esa casa en la planta baja para que su hijo pudiera corretear a sus anchas, pero el niño no quería brincar ni correr. Cuando ella le explicó que podía saltar a la cuerda si lo deseaba, él preguntó: «Pero ¿el ruido no molestará a las lombrices y los caracoles?».

Era un niño de complexión frágil, muy menudo para su edad. Si leía algo que le daba miedo, le subía la temperatura hasta los treinta y ocho grados; y también vomitaba o tenía diarrea si se ponía nervioso. En el último juicio, el juez falló en contra de ella por varias razones: el niño era el primogénito y el único descendiente varón de la familia; ya estaba bastante crecido; su exmarido había sostenido de manera consistente que ella ejercía una mala influencia en su hijo porque tenía un carácter hipersensible –presentó como prueba el historial de tratamiento psiquiátrico de su adolescencia–; y sus ingresos eran mucho más bajos e irregulares que los de su exmarido, quien había sido ascendido y trasladado a la sede central del banco en el que trabajaba. Sea como fuere, ahora que ya no cuenta siquiera con su exiguo salario, no puede plantearse emprender un nuevo juicio.

*

Sin quitarse los zapatos, se sienta en el umbral del vestíbulo y deja en el suelo la bolsa de tela que contiene el grueso libro de texto, el diccionario, el cuaderno y el estuche de lápices. Cierra los ojos y espera a que la luz amarillenta del sensor de movimiento se apague. Contempla los muebles y las cortinas, que se ven negros por la oscuridad reinante, y dirige la vista al balcón sumergido en la quietud. Abre lentamente los labios para luego cerrarlos con fuerza.

No hay ninguna mecha encendida que haga explotar la pólvora fría cargada en su corazón. Solo reina el vacío dentro de su boca, como venas en las que ya no circula la sangre, como el hueco de un ascensor que no funciona. Vuelve a limpiarse la mejilla seca con el dorso de la mano.

Si hubiera dibujado un mapa con los surcos dejados por las lágrimas...

Si hubiera grabado con una aguja o con sangre la senda por donde fluían las palabras...

«Pero era una senda demasiado terrible», murmura desde un lugar más profundo que la lengua y la garganta.

3

Yo tenía quince años a principios de ese verano.

Era una noche de domingo en que la luna llena se escondía tras los racimos de nubes negras para asomarse cada tanto. Caminaba por la acera de oscuras baldosas contemplando el astro nocturno, semejante a una cuchara de plata con manchas indelebles. De pronto su halo, cual clave misteriosa e inquietante, dibujó un círculo violáceo que se difuminó entre las nubes.

Solo había tres paradas de autobús desde Suyuri, donde estaba mi casa, hasta el Monumento de la Revolución del 19 de Abril, pero caminé con pasos tan lentos que se me hizo tarde. Cuando llegué a la librería de la esquina, las pantallas de los televisores en el escaparate de la tienda de aparatos electrónicos de al lado empezaban a emitir el informativo de las nueve. Entré en la librería y me encontré con que el dueño, un hombre maduro de camisa gris arrugada y pantalones con tirantes anchos, se disponía a cerrar el local. Después de pedirle que me concediera cinco minutos, recorrí a toda prisa las estanterías eligiendo los libros. Uno de ellos fue la traducción en edición de bolsillo de una conferencia que dio Borges sobre el budismo.

Por aquel entonces, la única impresión que tenía del budismo era la que me había dejado el festival de los faroles de loto, al que había acudido con mi madre y mi hermana menor dos semanas antes. Aquella tarde y luego por la noche, experimenté el espectáculo visual más hermoso de mi todavía joven existencia. Confeccionados con decenas de finos trozos de papel crepé rosados y violáceos, con las puntas retorcidas para dar formar a los pétalos, los faroles colgaban al aire en el patio delantero del santuario principal. A la sombra de una zelkova, comimos los fideos apenas condimentados con los que el templo agasajaba a la gente ese día y nos quedamos esperando a que se hiciera de noche. Cuando por fin se encendieron los faroles, me quedé estupefacto, con todos mis sentidos arrebatados. Interminables hileras de capullos blancos y rojizos, que irradiaban una cálida luz como de vela, se balanceaban contra la negrura de la noche. Mi madre nos apremió diciendo que ya era hora de irnos, pero yo no podía moverme.

Me pregunto por qué me acordé tan claramente de los farolillos de loto la mañana del domingo en que mi madre me dijo que nos marchábamos de Corea. Intuía vagamente que esas luces me habían causado un impacto que era diferente del sobrecogimiento religioso, pero aquella noche en que mi madre me dio dinero para que comprase libros y cintas de conversaciones en alemán, me dejé llevar por el antojo y adquirí también el *Sutta Nipata* y el *Dhammapada* en ediciones de bolsillo, además de las *Clases de Avatamsaka Sutra* y las *Clases de Maha Parinirvana Sutra*, que tenían unas tapas con dibujo de ladrillos y habían sido publicados por el templo Hyeonamsa. Creo que abrigaba la esperanza vaga y supersticiosa de que mi destino y el de mi familia estarían protegidos si transportaba esos libros hasta aquel lugar remoto que era Alemania.

Añadí el delgado libro de Borges a la lista con la esperanza de que, al haber sido escrito por un occidental, tratara de cuestiones básicas y me sirviera como introducción al budismo. Entonces no me fijé mucho en la foto en blanco y negro del escritor —con los ojos cerrados y las manos unidas cerca del pecho, como si rezara o se arrepintiera de algo—, que aparecía reproducida en la mitad superior de la tapa de color verde.

Durante los diecisiete años que pasé en Alemania, leí detenidamente y varias veces aquellos libros. Algunas noches me quedaba largo rato sin pasar las hojas, tan solo contemplando los trazos de la escritura coreana. Cuando abría cualquiera de ellos, me parecía sentir en los brazos el fresco aire de aquella noche de principios de verano en Suyuri. Gracias a esos libros nunca olvidé aquella luna semejante a una cuchara de plata con manchas y su halo violáceo como una clave misteriosa e inquietante.

Así fue como *Clases de Avatamsaka Sutra* se convirtió en mi libro preferido: nunca volví a encontrar un sistema filosófico expresado con imágenes tan deslumbrantes. En cambio, tal como esperaba, el de Borges resultó ser un texto introductorio de fácil comprensión, de modo que lo terminé enseguida y quedó arrinconado en la estantería. Pasó el tiempo y, ya en la universidad, leí en alemán los cuentos y una biografía crítica del escritor argentino; fue entonces cuando volví a leer su libro sobre el budismo con otro ánimo.

Esta mañana me acordé de nuevo de ese fino libro de color verde y lo saqué del baúl que guardaba en el trastero. Mientras pasaba una a una las páginas, descubrí una anotación mía hecha con trazos rápidos. Debajo de una frase de Borges que decía «El mundo es una ilusión y la vida es un sueño», podía leerse: «Pero ¿cómo es posible que sea tan nítido ese sueño? ¿Cómo puede ser un sueño si mana la sangre y brotan las lágrimas calientes?».

Al lado había escrito «vida» en alemán, y luego lo había tachado con una línea gruesa.

Era mi letra sin lugar a dudas, pero no me acordaba de haberlo escrito. Lo único que reconocí fue la tinta de color azul marino que usaban los estudiantes alemanes para tomar apuntes.

Abrí el cajón del escritorio y saqué mi viejo estuche de piel de color gris. Según recordaba, la pluma estilográfica estaba dentro. La había usado desde que llegué a Alemania y hasta el segundo año de universidad, cambiándole el plumín infinidad de veces. Le quité el capuchón, que estaba algo raspado aunque no roto, lo dejé a un lado del escritorio y llevé la estilográfica al cuarto de baño con el fin de derretir la tinta seca. Abrí el grifo hasta llenar el lavamanos y sumergí el plumín. Un fino hilo de color azul oscuro se diluyó en el agua dibujando curvas serpenteantes.

4

μὴ αἴτει οὐδὲν αὐτόν
No le pregunte nada a él.

μὴ ἄ λλως ποιήσῃς
No lo haga de otro modo.

Ella permanece en silencio en medio de las voces resonantes de los otros estudiantes que leen las oraciones, pero el profesor ya no la señala por quedarse callada. De espaldas y mostrando apenas su perfil, borra las oraciones que llenan la pizarra con grandes movimientos de la mano con la que sostiene el suave borrador de tela.

La clase se calla hasta que termina de limpiar la pizarra. El delgado hombre de mediana edad sentado detrás de la columna se estira y se da golpecitos en la espalda; el granujiento estudiante de filosofía pasa el dedo por la pantalla del móvil que está sobre su mesa; y el robusto joven de posgrado observa cómo se borran las oraciones de la pizarra. Moviendo los labios, que parecen más finos por su corpulencia, lee las palabras para sí a medida que desaparecen.

—En junio vamos a leer a Platón. Por supuesto, seguiremos estudiando también la gramática —anuncia el profesor, apoyado contra la pizarra ahora limpia y subiéndose las gafas con la mano que no sostiene la tiza—. Tras romper el silencio, el hombre se comunicó al principio a través de sonidos indivisibles, como «aaah» o «uuuh». Luego se crearon las primeras palabras y, con el transcurrir del tiempo, la lengua se fue haciendo cada vez más elaborada. Para cuando alcanzó el máximo grado de sistematización, había adquirió unas reglas extremadamente minuciosas y complicadas. Por esa razón resulta tan difícil aprender una lengua arcaica como el griego.

El profesor dibuja en la pizarra una curva con una pronunciada pendiente izquierda y una pendiente derecha más suave. Señalando con el dedo la parte más alta de la curva, sigue explicando:

—Una vez que alcanza su cota máxima, la lengua cambia hacia formas más sencillas, descendiendo en una curva suave y gradual. En cierto modo se trata de un deterioro, de su decadencia, pero, desde otro punto de vista, supone un avance. Las lenguas europeas de hoy en día son el resultado de un largo proceso de evolución que las hizo menos estrictas, menos elaboradas y menos complicadas. Es por eso por lo que, cuando leemos a Platón, saboreamos la belleza de una lengua arcaica que alcanzó su cenit hace miles de años.

Cuando el profesor hace una pausa, el hombre de mediana edad de detrás de la columna tose tapándose la boca con el puño. A continuación emite una tos más fuerte, que provoca una mirada de soslayo del estudiante de filosofía.

—Dicho de otra manera, el griego que manejaba Platón era como una fruta madura y plena a punto de caer del árbol. A lo largo de las generaciones siguientes, el griego clásico declinó rápidamente; y, junto con la lengua, decayeron también los estados griegos. En este sentido, se puede decir que Platón contempló el ocaso no solo de su lengua, sino también de todo cuanto le rodeaba.

Ella trata de no perderse nada de lo que él dice, pero es incapaz de concentrarse en cada una de las palabras. Las frases se le clavan en los oídos, como un largo pescado cortado en rodajas, sus sufijos y desinencias aún sin desescamar: «romper el silencio», «aaah, uuuh», «sonidos indivisibles», «las primeras palabras».

Antes de perder el habla, es decir, cuando utilizaba la lengua para escribir, a veces deseaba que las palabras que empleaba se asemejaran a gemidos, gritos suaves, quejidos reprimidos, gruñidos, canturreos para apaciguar a un bebé en su cuna, risas contenidas, el sonido implosivo que producen dos pares de labios cuando se separan después de estar en contacto.

En ocasiones se detenía a observar las formas de las palabras que acababa de escribir y luego las leía en voz alta. En esos momentos percibía con claridad la incongruencia entre esas formas, aplanadas como insectos disecados clavados con alfileres, y su voz al intentar pronunciarlas. Entonces paraba de leer y tragaba saliva, sintiendo la garganta seca. De la misma manera en que cuando nos hacemos un corte o bien contenemos la hemorragia haciendo presión en la herida, o bien la estrujamos para que salga la sangre y evitar que los microbios entren en el torrente sanguíneo.

5

VOZ

Si estás leyendo esta carta ahora –si el correo no me la ha devuelto–, quiere decir que tu familia sigue viviendo en la planta de arriba de la clínica oftalmológica de tu padre.

Los muros del edificio de piedra, construido en el siglo xviii como imprenta, seguramente estén cubiertos en este momento de tierna hiedra. Me imagino que las violetas habrán florecido y se habrán marchitado en los resquicios de los escalones que conducen al patio. Los dientes de león se habrán agostado también, dejando en su lugar unas coronas de semillas blancas como fantasmas. Y las hormigas, como gruesos signos de puntuación, marcharán en fila subiendo y bajando por esos escalones.

¿Sigue igual de hermosa tu madre bengalí, siempre ataviada con uno de aquellos saris espléndidos y coloridos? Y tu padre alemán, que me examinaba las pupilas con aquellos fríos ojos grises, ¿continúa ejerciendo como oftalmólogo a pesar de su edad? ¿Ha crecido mucho la niña que tuviste? ¿Estás leyendo mi carta porque estás de visita en casa de tus padres para que cuiden y mimen a la niña? ¿Te estás quedando en esa habitación tuya que miraba al norte? ¿Sales por las tardes a dar paseos por la orilla del río mientras empujas el cochecito de la pequeña? ¿Te sientas en aquel banco que tanto te gustaba, el que estaba delante del viejo puente, y te pones negativos de película ante los ojos para mirar el sol a través de ellos?

La primera vez que tú y yo nos sentamos en ese banco delante del puente, de pronto sacaste dos negativos de película del bolsillo de los tejanos y, alzando el brazo moreno y delgado, te tapaste los ojos con ellos y contemplaste el sol.

El corazón me latió de un modo insoportable, pues ya te había visto hacer eso en otra ocasión.

Fue la primera vez que acudí a la clínica de tu padre. Aquella tarde de principios de junio estabas sentada en el largo banco de hierro del patio, donde las lilas habían florecido en toda su plenitud, y mirabas el sol a través de los negativos con tu largo pelo negro recogido en una coleta. El enfermero de semblante inexpresivo que estaba sentado a tu lado te hizo una seña para que le pasaras uno. Había algo gracioso en esa imagen de dos personas adultas, sentadas una junto a la otra, guiñando un ojo y mirando al sol a través de unos trozos de película.

Sin saber que yo os espiaba desde las sombras tras la puerta de vidrio, él se apartó el negativo del ojo y te dijo algo. Tú le miraste los labios con atención y él, de repente, te dio un beso breve y torpe. Me causó sorpresa el gesto, porque era evidente que no erais novios ni nada por el estilo. Tú te sobresaltaste, sorprendida también, y a continuación le diste un rápido beso en la mejilla, como si le perdonaras, como una generosa muestra de cortesía por haber mirado juntos el sol. Luego te levantaste con presteza y le quitaste el negativo de la mano. Él se puso colorado y se rio con embarazo. Tú también te reíste. Luego él se quedó mirando con expresión de desconcierto cómo te alejabas sin decir nada.

No puedes imaginarte la impresión tan profunda que esos breves minutos de completa quietud provocaron en mí, que por entonces tenía diecisiete años. Poco después me enteraría de que eras la hija del director de la clínica, que habías perdido la audición de pequeña a causa de unas fiebres y que, tras graduarte hacía un par de años en un colegio de educación especial para sordomudos, te dedicabas a fabricar muebles en el cobertizo convertido en taller de carpintería que estaba en la parte trasera del edificio. Sin embargo, ninguno de esos datos bastaba para explicar el escalofrío que sentí al presenciar aquella breve escena aquel día.

A partir de entonces, cada vez que iba a la clínica por alguna consulta, cada vez que oía el ruido de la sierra eléctrica en tu taller, cada vez que te veía de lejos paseando despreocupadamente por la orilla del río con tus ropas de trabajo, me quedaba aturdido como si hubiera aspirado de pronto un perfume de lilas. Entonces mis labios, que nunca habían besado otros labios, temblaban secretamente, como traspasados por un sutil flujo de corriente eléctrica.

Te pareces a tu madre en los rasgos de la cara.

Tus cabellos negros recogidos en una coleta y tu piel cobriza son también bonitos, pero lo más hermoso que tienes son los ojos. Son los de alguien curtido por el trabajo solitario; en ellos se entremezclan suavemente la seriedad y la travesura, la calidez y la tristeza. Son unos ojos negros y grandes que flamean serenos, como diciendo que observarás detenidamente antes de sacar conclusiones precipitadas.

Hubiera podido darte un golpecito en el hombro para pedirte que me pasaras un trozo de negativo, pero no lo hice. Esperé a que te quitaras la película de los ojos y me quedé contemplando tu frente redondeada, los pelillos ensortijados pegados a las sienes, el puente arqueado de tu nariz de mujer india, a la que solo parecía faltarle una pequeña gema para quedar perfecta, y las redondas gotitas de sudor que se habían formado en ella.

—¿Ves algo?

Me miraste con atención los labios cuando te pregunté eso. Por un instante, pude entender a aquel enfermero de semblante inexpresivo. Aunque sabía que tus ojos solo estaban leyendo mis labios, sentí el impulso de besarte. Sacaste una libreta del bolsillo de la holgada camisa de trabajo y escribiste en ella con un bolígrafo:

«Míralo por ti mismo».

Ya para entonces estaba empezando a perder la vista. Tu padre, dando muestras de una deliberada impasibilidad para no dejar traslucir una compasión barata, me había explicado con calma que las pruebas clínicas indicaban que una operación prematura podía adelantar la ceguera que estaba destinado a sufrir.

No había indicios de que una luz intensa pudiese perjudicarme, pero era mejor ser precavido, y me había aconsejado que usara gafas de sol en las horas en que la luz solar era más fuerte, y que por las noches utilizara una iluminación suave. Como no quería ponerme gafas de sol oscuras y llamativas como las que usaban las celebridades, había optado por unas gafas con unas lentes de un ligero tinte verdoso. De todas maneras, no me convenía mirar directamente al sol por mucho que me protegiera la vista con un negativo de película.

Te diste cuenta de que dudaba, así que volviste a escribir en la libreta:

«Más adelante».

Como si lo hubieras hecho infinidad de veces y estuvieras acostumbrada a comunicarte por escrito, movías la mano con rapidez y precisión:

«Poco antes de que dejes de ver por completo».

Fue entonces cuando descubrí que ya conocías mi diagnóstico. Y me hirió profundamente el imaginar a tu familia sentada alrededor de la mesa, hablando de mi enfermedad.

Me quedé callado. Tú esperaste un rato mi respuesta, luego cerraste la libreta y volviste a guardártela en el bolsillo.

Nos quedamos mirando el río.

Como si solo eso nos estuviera permitido.

Me asaltó entonces una tristeza desconocida, aunque comprendí al momento que no se debía a que me hubieras herido o humillado con tus palabras. Menos aún se debía al miedo o a la frustración por el futuro que me esperaba, puesto que en aquel entonces todavía faltaba mucho, todavía quedaba muy lejos, la edad en la que dejaría de ver por completo. Esa tristeza dolorosa y a la vez dulce emanaba de tu perfil serio, tan increíblemente cerca del mío; de tus labios, de los que fluía una sutil electricidad; de esas negras pupilas tuyas, tan nítidas.

Bajo el sol de julio, el río refulgía como las escamas de un gigantesco pez. De pronto posaste tu mano morena sobre mi brazo, y yo acaricié temblando las venas azuladas que se marcaban en el dorso de tu mano, y por fin mis labios temerosos se posaron en los tuyos… ¿Has borrado aquel momento que vivimos delante del puente viejo? ¿Te ha llamado tu niña asomando la cabeza del cochecito, y te has incorporado después de guardar los negativos en el bolsillo?

Han pasado cerca de veinte años, pero ningún detalle se ha borrado de mi memoria. No solo vive y respira conmigo aquel momento, sino también los otros más terribles que viví contigo. No me atormentan el arrepentimiento ni los reproches que pueda hacerme, sino tu rostro empapado de lágrimas y aquel puño con el que me golpeaste, más duro que el de un hombre después de trabajar tantos años con la madera.

¿Me has perdonado?

Y si no puedes perdonarme, ¿guardarás en la memoria que te estoy pidiendo perdón?

*

Me estoy acercando a los cuarenta —tu padre pronosticó que yo perdería la vista a esa edad—, pero todavía puedo ver y creo que podré seguir viendo durante uno o dos años más. Lo tengo asumido, pues la enfermedad ha ido progresando gradualmente a lo largo de todo este tiempo. Como un presidiario que trata de alargar las caladas del único cigarrillo que le han concedido, paso las tardes sentado al sol en el callejón de mi casa.

Por esa callejuela comercial en las afueras de Seúl pasan todo tipo de personas: una chica con auriculares que lleva un uniforme escolar acortado con torpeza; un hombre de mediana edad en chándal, desaliñado y barrigón; una mujer con un vestido elegante que parece salida de una revista de moda y habla por teléfono con alguien; una anciana de pelo corto y blanco que viste un suéter con lentejuelas y se enciende lentamente un cigarrillo; en alguna parte se oye a gente despotricando, y de algún restaurante emanan olores a arroz con caldo; un chico pasa por mi lado en bicicleta y toca con fuerza el timbre...

Aunque uso lentes de alta graduación, ya no puedo percibir los detalles. Veo las formas y los movimientos desdibujados, como un conjunto borroso, y solo intuyo con nitidez los pormenores gracias a la fuerza de la imaginación: los labios de la chica se mueven al ritmo de la música que escucha por los auriculares, y tiene un pequeño lunar azulado a la izquierda del labio inferior, como tú; las mangas del chándal que viste el hombre de mediana edad se ven lustrosas de tanta suciedad, y los cordones de sus zapatillas parecen grises porque no las lava hace meses; resbalan gotas de sudor de las sienes del chico montado en la bicicleta; la anciana, que destila una singular veteranía, da caladas a un cigarrillo fino y exquisito, y las mostacillas brillantes de su suéter dibujan rosas u hortensias.

Cuando me aburro de mirar a la gente y de imaginar cosas, subo despacio al monte por el sendero que empieza detrás de la casa. Los árboles de color verde claro se mecen como una masa única y las flores se difuminan en los colores más increíbles. Al llegar al pequeño templo budista en la ladera del monte, descanso un rato sobre el entarimado del santuario principal. Me quito las pesadas gafas y contemplo el mundo desdibujado en el que han desaparecido todos los contornos. La gente cree que cuando dejas de ver bien empiezas a oír mejor, pero eso no es cierto. Lo que percibes, sobre todo, es el paso del tiempo. Poco a poco te avasalla la sensación de que el tiempo, cual lento y cruel fluir de una sustancia descomunal, te atraviesa en todo momento de parte a parte.

Como al atardecer pierdo visión rápidamente, no tardo mucho en emprender el descenso. De vuelta en casa, me cambio de ropa y me lavo la cara, pues a las siete de la tarde —que allí es mediodía, la hora en la que tanto te gusta mirar el sol— les doy clase a mis alumnos. Suelo llegar a la academia antes de que oscurezca y espero allí a que sea la hora. Eso es porque no tengo problemas para moverme dentro del edificio iluminado, pero me cuesta desplazarme de noche por las calles, aunque lleve las gafas. A eso de las diez, cuando acaba la clase y los alumnos se han marchado, pido un taxi que me recoge en la puerta de la academia para llevarme a casa.

Te preguntarás qué enseño.

Los lunes y jueves doy griego clásico elemental, y los viernes leemos textos originales de Platón en el grupo de nivel medio. En cada clase tengo ocho alumnos como máximo. Suelen ser estudiantes universitarios a los que les interesa la filosofía occidental, o gente de diferentes edades y profesiones.

Independientemente de la motivación, todos los que estudian griego tienen algunas características comunes: hablan y caminan más despacio, y no expresan mucho sus sentimientos (seguro que yo también soy así). ¿Será porque es una lengua muerta y no se puede usar en la comunicación oral? Los silencios, los titubeos tímidos y las sonrisas calladas con que me responden los alumnos hacen que la atmósfera de la clase se vaya caldeando, y luego se enfríe lentamente.

De esta manera tranquila transcurren mis días aquí.

Aunque cada tanto ocurra algo que valga la pena recordar, se borra sin dejar rastro alguno, sepultado bajo la mole gigantesca y opaca del tiempo.

Tenía quince años cuando me fui a Alemania y volví a Corea cuando tenía treinta y uno, con lo cual mi vida quedó dividida en dos mitades exactas que corresponden a lenguas y culturas diferentes. Tenía que elegir uno de los dos países para vivir a partir de los cuarenta, la edad en la que ocurrirían los cambios vaticinados por tu padre. Cuando manifesté el deseo de volver a donde se hablaba mi lengua materna, todo mi entorno, empezando por mi familia y mis profesores, trató de disuadirme. Mi madre y mi hermana me preguntaron a qué me iba a dedicar en Corea y me advirtieron de que la licenciatura en Filosofía Griega, que tanto me había costado conseguir en Alemania, no iba a tener ninguna utilidad aquí. Por encima de todo, sostuvieron que no podría arreglármelas solo sin ayuda de ellas. Al final las convencí diciéndoles que tomaría la decisión definitiva después de probar a vivir dos años aquí.

Sin embargo, aunque llevo en Corea casi el triple del plazo que me di, sigo sin poder tomar una decisión. Durante una temporada me sentí emocionado al oír la avalancha de lengua materna que se precipitaba hacia mí desde todas partes, pero llegó el invierno y Seúl empezó a parecerme un lugar tan ajeno como las ciudades alemanas en las que había vivido. Con los hombros encogidos bajo los oscuros plumíferos y abrigos de lana, la gente pasaba junto a mí con cara de haber aguantado mucho y de tener que aguantar mucho más aún, mientras se alejaban a paso rápido por las calles heladas. Tal como ocurrió en Alemania, he acabado convirtiéndome en un impasible observador de toda esa gente.

Como ves, permanezco aquí sin dejarme llevar por sentimentalismos ni por un optimismo infundado. Lo que me proporciona una alegría sencilla son las breves conversaciones que mantengo con mis estudiantes, todos insólitamente tímidos; con el estricto director, que gestiona con pericia la academia de humanidades gracias a las ganancias que le reportan un puñado de profesores populares; y con la secretaria de pelo corto, que anda todo el año con un pañuelo de papel en la mano porque sufre de alergia. Por las mañanas, me valgo de una lupa para buscar y memorizar las oraciones que leeremos en clase ese día, miro con detenimiento el borroso reflejo de mi cara en el espejo del lavabo, y cuando me apetece salgo a pasear sin prisas por las avenidas y callejuelas bien iluminadas. A veces la vista se me nubla por las lágrimas. Cuando por alguna razón no consigo contener esas lágrimas, que son solo de origen fisiológico, me pongo de espaldas a la calle y espero hasta que se me pasa.

*

¿Vuelves sobre tus pasos empujando el cochecito con el sol dando de pleno en tu cara morena? ¿Tu hijita de dos años agita un manojo de almorejos que has cortado para ella? ¿Te detienes delante de aquella iglesia centenaria en lugar de hacer el camino que va directo a tu casa desde la orilla del río? ¿Alzas a la niña con tus fuertes brazos y entras en la fresca nave del templo, dejando el cochecito en la portería?

Aquella iglesia, donde la luz del sol atraviesa los vitrales y se desparrama en diversas gradaciones de azul, como anegada en hielo; donde el Cristo en la cruz eleva los ojos inocentes al firmamento sin trazas de sufrimiento; donde los ángeles pisan el aire con pasos ligeros como si estuvieran dando un paseo; donde las verdes palmeras de hojas oscuras despliegan bondadosamente las palmas abiertas de sus manos; donde los santos de cara sonriente y cabello gris azulado portan mantos de tonalidades azules más claras. Allá donde mires, es imposible encontrar en la iglesia de St. Stephan un rastro de pecado o sufrimiento, a tal punto que parece un templo pagano.

Una lejana tarde de finales de verano en que salíamos caminando uno junto al otro de aquella iglesia, escribiste algo en la libreta y me la mostraste. Pusiste que, a pesar de haber crecido en una profunda fe religiosa desde pequeña, no podías creer, por mucho que te esforzaras, que existiesen lugares tan extremos como el paraíso y el infierno. En cambio, creías en la existencia de fantasmas que vagaban por las calles oscuras hasta la madrugada; y concluías que, si tales espíritus existían, era indudable que Dios también debía de existir en alguna parte. Me pareció tan divertido que fundamentaras tu fe en Dios sobre una idea que no solo era ilógica, sino totalmente ajena al cristianismo, que lancé una sonora carcajada y te pedí la libreta. Escribí en ella una demostración de la inexistencia de Dios que había leído en alguna parte, y te la devolví para que la leyeras.

En este mundo existen la maldad y el sufrimiento y mueren muchos inocentes.

Si Dios es bueno pero no puede corregir esa situación, es un ser impotente.

Si Dios no es bueno y solo es omnipotente, entonces es un ser malvado.

Si Dios no es ni bueno ni omnipotente, entonces no es Dios.

En consecuencia, la existencia de un Dios bueno y omnipotente es una falacia.

Tus ojos se agrandan mucho cuando te enfadas de verdad. Alzas las pobladas cejas, te tiemblan las pestañas y los labios, y se te hincha el pecho cada vez que respiras. Cuando te pasé el bolígrafo, garabateaste con trazos bruscos:

Entonces el mío es un Dios bueno y lleno de tristeza. Si te atraen esas argumentaciones estúpidas, puede que algún día tu propia existencia se convierta en una falacia.

*

A veces me hago preguntas utilizando esas argumentaciones de la lógica griega que tanto te disgustaban. Si tomamos como cierta la premisa que dice que, cuando perdemos algo, ganamos otra cosa, ¿qué es lo que he ganado yo al perderte a ti? ¿Y qué es lo que ganaré cuando pierda la vista?

Hay inevitablemente algo dudoso e insatisfactorio en toda argumentación lógica, ya que son como una red de la verdad y la mentira a través de la cual escapan los sufrimientos, arrepentimientos, obsesiones, tristezas y debilidades del ser humano, dejando solamente una serie de axiomas como un puñado de oro en polvo. Al tiempo que avanzo por la estrecha barra de equilibrio lanzando falacias con audacia, lo que veo a través de esa red de preguntas y respuestas nítidas y coherentes es un silencio ondulante como el mar azul. Aun así, continúo haciéndome preguntas y respondiéndolas con los ojos sumergidos en ese silencio, en una quietud inquietante y acerada que crece sin cesar como el agua. ¿Por qué me acerqué a ti de esa manera tan estúpida? Puede que mi amor no fuera estúpido, pero como yo sí lo era, se contaminó de mi estupidez. O quizá yo no era tan estúpido, pero la estupidez inherente al amor despertó la estupidez que había en mí y terminó por arruinarlo todo.

τὴν ἀμαθίαν καταλύεται ἡ ἀλήθεια.

Esta oración, enunciada en voz media, afirma que la verdad destruye la estupidez. ¿Será cierto? Si lo es, ¿se verá la verdad alterada por influjo de la estupidez, al entrar en contacto con lo que ha destruido? Y si se diera el caso de que la estupidez destruye la verdad, ¿se resquebrajaría también la estupidez y acabaría destruyéndose? Si afirmo que, cuando mi estupidez destruyó el amor, también se destruyó mi estupidez en el proceso, ¿me dirás que es un sofisma? Esa voz, tu voz, ese sonido que nunca he olvidado en estos casi veinte años... Si te digo que todavía amo esa voz, ¿volverás a lanzar tu puño con fuerza a mi cara?

*

Me contaste que aprendiste a leer los labios y a hablar alemán en esa escuela de educación especial a la que asististe durante más de diez años. Una noche, no mucho después de que tuviéramos aquella conversación escrita, me pregunté cómo sería oírte hablar, tal como habías aprendido a hacerlo en la escuela.

Ese verano me compré un manual de lenguaje de signos en alemán y por las noches me dediqué a aprender las frases. Después de practicar durante una hora frente a un pequeño espejo que tenía colgado junto al escritorio, la espalda me quedaba empapada en sudor. Sin embargo, no me resultaba difícil ni aburrido. Todo lo contrario, fueron noches llenas de una dulzura que nunca más volví a experimentar. Fue en esa época cuando descubrí que estar enamorado era como estar poseído. Por las mañanas, tu cara se deslizaba bajo mis párpados antes siquiera de abrir los ojos; y cuando los abría, tu imagen trémula se desplazaba rápidamente desde el techo al armario, a la ventana, a la calle y al cielo lejano. Ni siquiera un alma en pena me hubiera perseguido con semejante porfía. Ese verano, mientras practicaba con torpeza el lenguaje de signos frente al pequeño espejo junto a mi escritorio, veía en todo momento tu rostro superpuesto al mío.

«Háblame».

Esa noche probé a murmurar esa frase, que primero se me ocurrió en alemán y luego pronuncié en coreano. Me acordé entonces de la madera recién cortada que tenías en el taller donde pasabas todo el día trabajando. Procurando que nadie me viera —sobre todo tu padre—, solía entrar a escondidas y me dedicaba a observar cómo trabajabas. No me cansaba de contemplar cómo serrabas, alisabas y lijabas las planchas de madera. Si se alargaban tus quehaceres, aprovechaba el tiempo para familiarizarme con todos los rincones del taller. Olisqueaba y acariciaba las tablas que habías puesto a secar contra la pared. El cedro y el abedul blanco olían con particular intensidad, el pino emanaba un suave aroma al acercar la cara, y los anillos marrones de la madera eran como tus hombros redondeados.

Entonces imaginaba vagamente que tu voz se parecería a la textura o al olor de alguna de esas maderas.

Pero ni la curiosidad ni mis fantasías fueron las razones por las que quería oír tu voz. Yo tenía diecisiete años y tú eras mi primer amor. Lo que yo deseaba era compartir la vida contigo. Creía que siempre estaríamos juntos mientras viviéramos. Y precisamente por eso tenía miedo, porque iba a quedarme ciego. Llegaría el día en que no podría verte y entonces no podría hablar contigo ni por escrito ni por señas.

Unas semanas después, una tarde de fin de semana en que el frío llegó de repente y tú estabas haciendo un descanso e hirviendo agua para el té, te hice la pregunta. Sin el menor reparo, sin medir los riesgos. La hice con total inocencia, tontamente.

—¿Podrías decirme algo, cualquier cosa, tal como la aprendiste en la clase de comunicación para sordomudos?

Tú observaste con atención mis labios y me miraste perpleja. Yo seguí explicándome con calma. Algún día viviríamos juntos y, puesto que iba a quedarme ciego y no podría verte, necesitaba que me hablaras.

No te imaginas cuántas veces deseé retroceder en el tiempo y borrar de un plumazo la estupidez que cometí aquel día. Tu rostro se endureció con frialdad y me echaste de inmediato del taller, que olía aún más intensamente a madera por la fina llovizna que acababa de caer. Después de aquello no quisiste volver a verme. Por supuesto, no volviste a besarme ni dejaste que enterrara mi cara en tus largos cabellos negros, en tu cuello dulcemente perfumado, en tus delicadas clavículas; tampoco guiaste mi mano ardiente por debajo de tu camisa para que sintiese los latidos de tu corazón. Me ignoraste con firmeza cuando te esperé delante de tu casa desde primera hora de la mañana siguiente, y me cerraste de un portazo la puerta del taller sin importarte que tuviera mis dedos en el quicio. Finalmente una noche, semanas después, me lanzaste un puñetazo a la cara cuando te rogaba que me perdonases.

Los dos nos sobresaltamos. Sin recoger las gafas que cayeron al suelo, sin limpiarme la sangre ligeramente dulzona que me corría por la nariz y los labios, me abracé a tus piernas. Me rechazaste temblando, dejándome caer al suelo. Con los ojos brillantes de ira, abriste un instante la boca y gritaste:

—¡Sal de aquí!

Esa voz...

Fue como el viento desgarrador que se cuela por el marco de la ventana una noche de invierno, como una sierra de calar cortando el hierro, como un vidrio que se resquebraja. Así era tu voz.

Yo me arrastré y volví a abrazarme a tus piernas. ¿De verdad no lo sabías? Yo te amaba. En un arranque de locura, cogiste un madero y me pegaste con él en la cara. Me pregunto si viste las lágrimas ardientes corriendo por mis mejillas cuando me desmayé.

*

Después que la estupidez destruyera aquel periodo de mi vida y se destruyera a sí misma, me di cuenta de que, aunque hubiéramos vivido juntos, yo no habría necesitado tu voz tras quedarme ciego, pues, al mismo tiempo que el mundo visible se alejase de mí como la bajamar, nuestro silencio se habría ido perfeccionando a la par.

Unos años después de perderte, miré al sol con dos trozos de negativo de película. Por miedo a lo que pudiera pasar, no lo hice al mediodía, sino a las seis de la tarde. No conseguí aguantar mucho rato, pues los ojos me ardieron como si me hubieran echado un ácido, y no pude averiguar qué era aquello que te fascinaba tanto. Lo hice porque ya no estabas sentada a mi lado y echaba de menos tus manos, las venas azules marcándose bajo tu piel morena.

*

¿Sales del interior de la oscura iglesia con la niña en brazos?

¿Recoges el cochecito en la portería de la entrada, sientas a la niña y le abrochas el cinturón? ¿Te recoges los mechones de pelo que se escaparon de la coleta y te aprestas a volver a casa? ¿Pisas de nuevo las mismas calles pavimentadas con adoquines negros por las que, lleno de estupidez y desasosiego, deambulé de madrugada cuando tenía diecisiete años? ¿Posas tu mano sobre el pecho de la niña para tranquilizarla cada vez que saltan las ruedas del cochecito? ¿Avanzas paso a paso a través del silencio llevando sobre los hombros a tu Dios, que se llena de tristeza porque es bueno?

Allí donde estás, el sol sale siete horas después que aquí.

Un día no muy lejano, cuando yo sostenga ante los ojos un trozo de negativo de película bajo el sol de mediodía, tú estarás dormida en la oscuridad de las cinco de la madrugada. La luz azul violácea, oscura como las venas de tus manos, no se habrá derramado aún del cielo. Tu corazón latirá con la regularidad del sueño y tus pupilas, otrora anegadas de ardientes lágrimas, se estremecerán bajo los párpados. Cuando yo camine hacia la completa oscuridad, ¿me dejarás que te recuerde sin este dolor pertinaz?

6

Deténgase	No se detenga
παῦσαι	μὴ παύσῃ
Pregúnteme	No me pregunte nada
ἐρώτησόν με	μὴ ἐρωτήσῃς μηδὲν αὐτόν
Hágalo de otra manera	No lo haga de otra manera
ἄλλως ποίησον	μὴ ποιήσῃς μηδαμῶς ἄλλως

Después de llenar con oraciones la superficie verde oscura de la pizarra, el profesor de griego se apoya en un borde de la misma, sin darse cuenta de que se mancha de tiza el hombro de la camisa azul marino. Su cara prolijamente afeitada es tan blanca que a primera vista parece un estudiante de posgrado, pero las mejillas hundidas delatan su verdadera edad. Además, las finas arrugas que surcan la piel alrededor de sus ojos y su boca evidencian el inicio de un silencioso envejecimiento.

7

OJOS

Incluso en la época que podía hablar, ella era una persona de voz queda.

No era que sus cuerdas vocales no se hubieran desarrollado lo suficiente o que tuviera algún problema de capacidad pulmonar. Simplemente no le gustaba acaparar espacio. Todo el mundo ocupa un espacio físico proporcional al volumen de su cuerpo, pero la voz se propaga a una distancia aún mayor. Y ella no deseaba amplificar de ese modo su persona.

En el metro o en la calle, en una cafetería o un restaurante, nunca hablaba en voz alta y desinhibida, ni llamaba a voces a alguien. Estuviese donde estuviese —salvo cuando daba clase—, siempre hablaba en voz más baja que los demás. A pesar de ser delgada, andaba con la espalda y los hombros encogidos para ocupar menos espacio. Captaba los chistes y lucía una sonrisa alegre, pero se reía tan por lo bajo que apenas se la oía.

El terapeuta canoso que la trató había observado esa peculiaridad. Como era de esperar, trató de encontrar la causa en sus experiencias infantiles. Ella colaboró solo a medias; en lugar de confesarle que ya había perdido el habla una vez en la adolescencia, buscó entre sus recuerdos más tempranos.

Cuando estuvo embarazada de ella, su madre se vio aquejada por una enfermedad similar a la fiebre tifoidea. Sufrió estados febriles altos alternados con sudores fríos, por lo que se vio obligada a tomar un puñado de comprimidos con las comidas durante algo más de un mes. A diferencia de ella, su madre tenía un carácter enérgico e impaciente. Apenas se recuperó de la enfermedad, fue a ver al obstetra y le dijo que quería abortar, pues estaba convencida de que no tendría un niño normal por la enorme cantidad de medicamentos que había tomado.

El médico le respondió que era peligroso interrumpir el embarazo en ese momento porque ya se había completado la formación de la placenta, pero le prometió que, cuando volviera a la consulta dos meses después, le aplicaría una inyección para inducir el parto y provocar la muerte del feto. Sin embargo, el bebé comenzó a moverse en su vientre antes de que transcurrieran los dos meses, lo cual la desarmó y la hizo desistir de sus intenciones. En contrapartida, pasó muchos nervios y preocupaciones hasta que llegó el día del parto. Solo se tranquilizó al contar los deditos de manos y pies, aún mojados por el líquido amniótico, con el fin de comprobar si los tenía todos.

Ella había escuchado esta anécdota infinidad de veces por boca de sus tías, primas e incluso algunas vecinas cotillas. Como si se tratara de un conjuro, todas empezaban diciendo: «¿Sabes? Por poco no vienes a este mundo».

Aunque era demasiado pequeña para identificar sus emociones, percibió con claridad la sobrecogedora frialdad que contenía esa frase. Por poco no viene a este mundo... La vida no le había sido dada como algo obvio y natural, sino que había recaído en ella por casualidad, una mera posibilidad entre las otras muchas contingencias que podrían haberle acaecido en la oscuridad más absoluta, como una frágil pompa de jabón que solo se había formado en el último suspiro. Una tarde, después de despedirse tímidamente de todos esos ruidosos parientes de risa fácil, se acurrucó en el entarimado de la casa para contemplar cómo caía el sol en el patio. Conteniendo la respiración y encogiéndose lo más que podía, sintió con todo su ser cómo la finísima, delicada y enorme corteza del mundo era engullida por la oscuridad.El terapeuta se interesó mucho por esa historia. Cuando le preguntó si ese era el primer recuerdo que tenía, ella le respondió que no y rebuscó en su memoria hasta sacar a relucir la tarde en que bajo el sol del patio descubrió los fonemas de su lengua materna. Esta anécdota fue también del agrado del terapeuta, quien probó a unir los dos recuerdos para sacar una conclusión.

—¿No será que esa fascinación que sintió por la lengua, a tal punto que es el primer recuerdo que conserva, se debe a que supo de manera instintiva que el lazo que une el lenguaje y el mundo es terriblemente débil? Es decir, puede que esa atracción por la lengua se asemeje en su inconsciente a la sensación de peligro y fragilidad que percibe en el mundo. —En este punto, el terapeuta se la quedó mirando fijamente—. ¿Se acuerda por casualidad del primer sueño que tuvo?

A ella se le ocurrió de pronto que él querría incluir su caso en el libro que estaba escribiendo. Ese miedo absurdo la disuadió de contarle su primer sueño, uno extrañamente vívido y frío que tuvo al poco tiempo de aprender a leer.

Caía la nieve y los adultos pasaban junto a ella con gesto adusto. Ella era una niña y estaba sola en una avenida, vestida con ropas que no reconocía como suyas. Eso era todo. No pasaba nada ni tampoco tenía un final. Simplemente la sensación de frío, la nieve cayendo, la calle en silencio como si tuviera los oídos tapados, transeúntes desconocidos pasando pr su lado, y ella allí plantada, sola.

Mientras permanecía en silencio, concentrada en recordar los detalles del sueño, el terapeuta se fue acercando a la solución de su problema. Le contó que en aquel entonces ella había sido demasiado pequeña para entender la vida y, obviamente, no tenía las fuerzas ni los medios para controlar su existencia, por lo que cada vez que escuchaba hablar de lo cerca que había estado de no nacer, se sentía amenazada y sobrecogida por el miedo a desaparecer. Sin embargo, había crecido sin mayores problemas y ahora era una mujer adulta y con fortaleza suficiente, por lo que ya no había razón alguna para que tuviera miedo o se sintiera empequeñecida. Dicho de otro modo, nada le impedía hablar fuerte, ocupar todo el espacio que hiciera falta o ir por la vida con la cabeza bien alta.

Según esa lógica, la única lucha que le quedaba por emprender era responderse a la delicada pregunta que se planteaba constantemente a sí misma: la duda de si podía permitirse existir en este mundo. Sin embargo, esta lúcida y bonita conclusión del terapeuta la incomodaba, pues ella seguía sin querer ocupar mucho espacio y no estaba convencida de que hubiese vivido toda su vida sobrecogida por el miedo o reprimiendo su naturaleza.

Las sesiones transcurrieron sin grandes contratiempos, pero al quinto mes de tratamiento, en lugar de hablar más alto, ella perdió por completo el habla, lo cual desconcertó totalmente al terapeuta.

—La comprendo. Comprendo perfectamente lo mucho que está sufriendo. Debe de haber sido terrible para usted perder la custodia de su hijo y perder a su madre casi al mismo tiempo. La entiendo. Siente que está más allá de su alcance poder soportar todo esto.

Se quedó perpleja por el tono exageradamente cálido con que le habló el profesional, pero no podía estar de acuerdo con eso de que él la comprendía perfectamente. Con toda calma, se dijo que eso no era verdad. Los envolvió un silencio callado y expectante que lo decía todo.

«No —escribió ella con letra muy clara en el papel en blanco que estaba sobre la mesa—. No es tan simple».

*

En la época en que aún podía hablar, a veces, en vez de decir algo, se quedaba mirando fijamente a su interlocutor. Saludaba, daba las gracias y pedía disculpas con los ojos, como si fuese posible expresar a través de la mirada lo que quería decir. Para ella no existía una forma de relacionarse más inmediata y directa que la mirada, pues era la única forma de establecer contacto sin tocarse.

El lenguaje, en comparación, tenía una implicación física muchísimo mayor. Había que poner en movimiento pulmones, garganta, lengua y labios, y lo que decía se transmitía haciendo vibrar el aire. Se le secaba la boca, salpicaba saliva, se le agrietaban los labios. Paradójicamente, cuanto más insoportable le resultaba este proceso físico, más locuaz se volvió. Utilizaba entonces oraciones largas e intrincadas, evitaba la fluida vitalidad de las frases coloquiales y alzaba más la voz que de costumbre. Y si la gente la escuchaba con atención, su lenguaje se volvía aún más abstracto y su sonrisa más amplia. Sin embargo, a medida que estas situaciones se fueron repitiendo cada vez con más frecuencia, más le costaba concentrarse en la escritura, incluso cuando se encontraba a solas.

Justo antes de perder el habla, se convirtió en una conversadora extrovertida y parlanchina. Y le costaba cada vez más escribir. Del mismo modo en que siempre le había disgustado que su voz se propagara por el aire, ahora no soportaba el modo en que las oraciones que acababa de escribir perturbaban el silencio. A veces, incluso antes de escribir nada, sentía ganas de vomitar tan solo de pensar en cómo distribuiría las palabras sobre el papel.

Pero esa no podía ser la causa de que hubiese perdido el habla.

«No podía ser tan simple».

*

δύσβατος γέ τις ὁ τόπος
φαίνεται καὶ ἐπίσκιος.
ἔστι γοῦν σκοτεινὸς καὶ
δυσδιερεύνητος.

Es difícil poner los pies
en algún lugar.
Todo está tan oscuro
que es difícil encontrar algo.

Está concentrada en el volumen abierto sobre su pupitre. El texto pertenece a uno de los primeros libros de *La República*, en una edición bilingüe en la que se puede leer el texto original con la traducción en coreano al lado. Las gruesas gotas de sudor que resbalan por sus sienes caen sobre las oraciones en griego, hinchando el basto papel reciclado.

Al levantar la vista, el aula en penumbra parece iluminarse de pronto y eso la desconcierta un poco. Entonces escucha la conversación que mantienen en voz baja el normalmente taciturno hombre sentado detrás de la columna y el corpulento estudiante de posgrado.

—... de Angkor Wat. Llegué ayer de madrugada, después de cinco días de vacaciones. Estaba tan cansado que casi no vengo hoy, pero no he querido perderme dos clases seguidas. ¡Con lo que cuesta el curso! Además, todavía estoy en buena forma, ya que suelo practicar senderismo los fines de semana. A mí no me lo parece, pero la gente me dice que me ve más moreno. Además, es que en Camboya hace muchísimo calor, muy distinto al de aquí. Todos los días cae al menos una fuerte tormenta, pero no refresca nada... No sé, supongo que me interesan las ruinas. Había muchas inscripciones en la antigua escritura jemer. Hasta me pareció más elegante que el griego...

Es la hora de descanso. Ella mira la pizarra vacía que el profesor ha borrado sin mucho cuidado. Todavía se pueden distinguir algunas palabras; incluso se puede leer parte de una oración. También ha quedado un vertiginoso remolino de tiza blanca en un rincón, como trazado a propósito con un pincel grande.

Vuelve a inclinarse sobre el libro de texto. Inspira profundamente y escucha claramente el sonido de su respiración.

Desde que ha perdido el habla le parece que sus inhalaciones y exhalaciones se asemejan al lenguaje, pues inoportunan al silencio con el mismo atrevimiento con que lo hacía su voz.

Experimentó algo parecido en los momentos postreros de su madre. Cada vez que ella, en estado de coma, exhalaba su aliento tibio, el silencio se retiraba un paso; pero cada vez que inhalaba, una estremecedora bocanada de frío silencio penetraba en su cuerpo como un estridente grito.

Con el lápiz en la mano, vuelve a mirar las oraciones que acaba de leer. Podría hacer pequeños agujeros en cada una de las letras. Si metiera a fondo la mina, hasta podría rasgar una palabra o incluso una oración entera. Fija los ojos en el basto papel reciclado de color gris sobre el que se destacan las letras negras, los acentos enroscándose como gusanos o estirándose en línea recta. Un lugar en sombras donde es difícil poner los pies... Es una frase que escribió Platón en su vejez, tratando de ganar tiempo; es la voz indistinta de alguien que se tapa la boca con la mano...

Aprieta el lápiz con mayor fuerza y exhala el aire sin hacer ruido. Soporta la emoción impregnada en esa oración, que se revela como marcas de tiza o un rastro de sangre seca.

*

Su cuerpo empieza a mostrar los signos del tiempo que lleva sin poder hablar. Se ve más sólido y pesado de lo que es realmente. Lo evidencia su modo de caminar y de mover las manos y los brazos, así como los contornos más precisos de su cara alargada y sus hombros redondeados. Nada escapa de su interior, ni deja que nada se filtre dentro de ella.

No es propio de ella mirarse en el espejo, pero ahora ya no siente ninguna necesidad de hacerlo. Seguramente la cara que más se imagina y dibuja mentalmente una persona a lo largo de la vida es la suya propia. Sin embargo, ella ha dejado de evocar su aspecto, por lo que se ha ido olvidando de cómo es. Cuando por casualidad se encuentra con su reflejo en un vidrio o un espejo, se queda observando con fijeza sus ojos, pues esas nítidas pupilas parecen ser el único canal de comunicación entre ella y ese rostro desconocido.

A veces no se siente como una persona, sino más bien como una sustancia, una materia sólida o líquida en movimiento. Cuando come arroz caliente, se siente arroz; cuando se lava la cara con agua fría, se siente agua. Al mismo tiempo es consciente de no ser ni arroz ni agua, sino que se siente como una materia dura y rígida que nunca se mezclará con ningún ser, vivo o no. Las únicas cosas que reclama con todas sus fuerzas al gélido silencio son la cara de su hijo, con el que se le permite pasar una noche cada dos semanas, y las palabras muertas en griego que escribe apretando con fuerza el lápiz.

γῆ ἔκειτο γυνή.
Una mujer está tendida en el suelo.

Deja sobre el pupitre el lápiz pringoso de humedad y se limpia el sudor de la sien.

*

—Mamá, a partir de septiembre no voy a poder venir más.
Cuando el niño le dijo eso el sábado pasado, ella lo miró sorprendida. En solo dos semanas había crecido a ojos vistas,

y también había adelgazado un poco. Las sombras de sus largas pestañas se proyectaban sobre sus pómulos blancos y suaves como los sutiles trazos de una miniatura.

—Yo no quiero irme. No hablo inglés, y tampoco conozco a la tía que vive allí. Papá dice que nos quedaremos un año, pero yo no quiero ir. Y menos ahora que por fin he hecho amigos en la escuela.

Acababa de bañar y acostar al niño, y su pelo olía a jabón de manzana. Ella podía ver su cara reflejada en las redondas pupilas del pequeño; y en los ojos de su reflejo, veía la cara reflejada del niño; y en los ojos de ese reflejo, se reflejaba de nuevo su propia cara… y así hasta el infinito.

—¿No podrías hablar con él, mamá? ¿Y si le escribes una carta? ¿No podría venirme a vivir aquí contigo como antes?

El niño estaba enfadado y se giró hacia la pared. Ella estiró en silencio su mano y lo hizo girarse hacia ella.

—¿No puedo? ¿Por qué no puedo quedarme aquí? —protestó el niño, girándose de nuevo hacia la pared—. ¡Apaga la luz! ¿Cómo quieres que duerma con la luz encendida?

Ella se levantó y apagó el interruptor.

La luz de la farola de la calle se filtraba por la ventana, y poco después pudo ver con nitidez la cara del niño. Tenía el ceño fruncido. Ella estiró la mano y le alisó el entrecejo, pero él volvió a fruncir el gesto. Tenía los ojos fuertemente cerrados, e incluso respiraba sin hacer ruido.

La noche de junio olía a hierba y savia de árboles, mezcladas con las sobras de comida en descomposición. Después de devolver al niño con su padre, en lugar de tomar el autobús había hecho el camino de vuelta a casa a pie, atravesando el centro de Seúl. En algunas calles la iluminación era tan brillante que parecía pleno día, casi no se podía respirar por el humo de escape de los automóviles y la música sonaba a todo volumen; por el contrario, en ciertos callejones reinaban la oscuridad y la decrepitud, y los gatos vagabundos la observaban de reojo mientras rompían las bolsas de desperdicios con los colmillos.

No le dolían los pies ni estaba cansada. Se quedó un rato bajo la pálida luz que iluminaba la puerta del ascensor, con los ojos fijos en la puerta de su casa, pero de pronto dio media vuelta y salió del edificio. Caminó apresuradamente a través de la noche cálida, envuelta por los olores de todo aquello que había tenido vida y se estaba pudriendo. Apretó el paso hasta que entró casi corriendo en la cabina telefónica que estaba frente a la administración del complejo de apartamentos, y metió en la ranura las monedas que encontró en el bolsillo del pantalón.

—Dígame —respondió una voz de hombre.

Ella abrió la boca y soltó el aire; inhaló y volvió a exhalar.

—¡Dígame! —dijo más fuerte la voz.

Ella aferró el teléfono con dedos temblorosos.

«¿Cómo te puedes llevar al niño tan lejos? ¡Y además por tanto tiempo! ¡Maldito seas! ¡Eres un desalmado sin sentimientos!».

Los dientes le castañeteaban descontroladamente, y no dejó de temblar hasta que colgó el aparato con la mano acalambrada. Se pasó con brusquedad la mano por la mejilla, casi como si se abofeteara, frotándose la nariz, el mentón y la boca que nadie amordazaba.

*

Esa noche, por primera vez desde que perdió el habla, se observó con atención en el espejo. Pensó que debía de estar viendo mal, porque sus ojos parecían extraordinariamente serenos. Se hubiera extrañado menos si exudaran sangre, o pus, o hielo derretido. Se vio a sí misma reflejada en silencio en sus ojos; y dentro de ese reflejo, se vio de nuevo reflejada en silencio, y una vez más... y así hasta el infinito.

El odio que desde hacía tanto tiempo hervía dentro de ella borboteaba sin desbordar; y el dolor que desde hacía tanto tiempo sufría continuaba inflamándose, pero sin estallar.

Nada había sanado.

Nada había acabado.

*

El hombre de mediana edad y el estudiante de posgrado, que habían salido al pasillo a conversar, vuelven al aula con sendos cafés. El hombre habla con alguien por móvil mientras se dirige hacia su asiento detrás de la columna:

—... pues por eso digo que hay que ponerlo en el nivel de los rezagados. Los empleados más adelantados no necesitan ningún curso de capacitación. ¿Clases de apoyo? ¿Para qué? Ni que fuéramos una gran empresa. Dile al profesor que me llame mañana sin falta.

El estudiante de posgrado se despide con un gesto y se sienta en su sitio. Resoplando por lo bajo, se estira todo lo que puede y luego mueve la cabeza atrás, adelante y de lado a lado, haciendo crujir los huesos. Ya han pasado los diez minutos de descanso. El profesor suele ser muy puntual, pero hoy tarda en volver. De pronto se hace el silencio.

Ella sigue sentada en su pupitre. Ha estado demasiado tiempo en la misma posición, por lo que nota la espalda, el cuello y los hombros tensos. Abre el cuaderno y examina detenidamente las oraciones que ha copiado de la pizarra. Llena con palabras los espacios en blanco entre las frases. Desenredando la maraña de las declinaciones verbales, las desinencias sustantivas y el complicado uso de las voces, arma frases simples e imperfectas. Anhela que sus labios y su lengua se muevan sin querer, que de pronto brote algún sonido de su boca.

γῆ ἔκειτο γυνή.
Una mujer está tendida en el suelo.

χιὼν ἐπὶ τῇ δειρῇ.
En su boca, nieve.

ῥύπος ἐπὶ τῷ βλεφάρῳ.
En sus párpados, tierra.

—¿Qué es eso? —le pregunta de pronto el estudiante de filosofía que se sienta en su misma fila, señalando el cuaderno donde ella ha agregado las concisas oraciones al lado de «Una mujer está tendida en el suelo», que han aprendido durante la hora anterior.

Ella no se sobresalta ni se apresura a cerrar el cuaderno. Simplemente se queda mirando con fijeza al joven, como observándolo a través del hielo.

El nuevo dolor causado por lo que le había revelado el niño no había logrado resquebrajar el silencio, tan solo dejaba a diario incontables regueros de sangre en la superficie del hielo. Se cepillaba los dientes durante largo rato, se quedaba ensimismada delante de la nevera abierta, se golpeaba contra los parachoques de los coches aparcados, y su hombro chocaba sin querer contra las estanterías de las tiendas, tirando los productos al suelo. Cada vez que se metía entre las sábanas frías y cerraba los ojos, la esperaban la misma calle donde caía la nieve, los transeúntes desconocidos, la niña solitaria vestida con ropas que no le eran familiares y cuya cara pálida podría haber sido la de ella misma o la de su hijo.

Sabía que la entrada para acceder al habla había retrocedido a un lugar aún más profundo, y que si dejaba que las cosas siguieran así perdería a su hijo para siempre. Pero cuanto más consciente era de ello, más se alejaba esa entrada; del mismo modo que, cuanto más se le reza a Dios, peor resultan las cosas. No lograba emitir siquiera un quejido y su mutismo se intensificaba. Sin embargo, no brotaban ni sangre ni pus de sus ojos.

*

−¿Qué es? ¿Una poesía? ¿Una poesía en griego?

El estudiante de posgrado sentado junto a la ventana se gira hacia ella y la observa con curiosidad. El profesor, que acaba de entrar por la puerta, se acerca.

−¡Profesor! −exclama el joven estudiante de filosofía−. ¡Mire la poesía que ha escrito en griego!

El hombre de mediana edad detrás de la columna la mira con asombro y lanza una carcajada. Sobresaltada por esa risa, ella cierra el cuaderno y observa con rostro inexpresivo al profesor que se aproxima hacia ella.

—¿Es cierto eso? ¿Me deja que le eche un vistazo?

Como si oyera hablar en un idioma extranjero, ella se esfuerza por descifrar lo que él acaba de decir. Levanta la vista hacia las gafas con cristales de tonalidad verdosa, tan gruesos que marean. Al comprender lo que ocurre, empieza a meter en su bolso el voluminoso libro de texto, el cuaderno, el diccionario y el estuche de los lápices.

—No, no, quédese —trata de disuadirla el profesor—. No hace falta que me lo muestre si no quiere.

Ella se levanta, se cuelga el bolso al hombro, se abre paso por la hilera de pupitres vacíos y sale del aula.

*

Al llegar a la puerta de las escaleras de emergencia, alguien la detiene agarrándola por el brazo. Ella se gira, sorprendida. Es la primera vez que mira al profesor a tan corta distancia. Es más bajo de lo que parece sobre el estrado, y también se ve mayor.

—Lo siento, no ha sido mi intención incomodarla —se disculpa él jadeando y, acercándose un poco más, le pregunta—: ¿Es que... no puede oír lo que digo? —Y de pronto empieza a gesticular con las manos en el lenguaje de signos. Repite el mismo gesto varias veces al tiempo que pronuncia despacio la frase, como explicando lo que significa—: Lo siento mucho. He venido a decirle que lo siento.

Ella se lo queda mirando en silencio; observa cómo respira hondo y continúa moviendo las manos, sin desistir en su esfuerzo de explicarse.

—No es necesario que hable. No tiene que decirme nada. De verdad, lo siento mucho. He venido solo para decírselo.

*

Junto a la pantalla acústica de la carretera, corre una calle de sentido único. Ella camina por la acera de esa calle que el Ayuntamiento tiene abandonada porque casi nadie la frecuenta. La hierba crece alta y espesa entre las grietas de las baldosas rotas. Las acacias, que rodean el complejo de apartamentos, estiran con ímpetu sus ramas gruesas y renegridas. El repugnante olor del humo de los tubos de escape se mezcla con el aroma a vegetación en el húmedo aire de la noche. El cercano y atronador rugido de los automóviles rasga sus tímpanos como miles de afilados patines sobre hielo. Entre la hierba que crece a sus pies suenan los lentos chirridos de los saltamontes.

Es extraño.

Le parece haber vivido otra noche igual a esa.

Ha caminado por esa calle antes, ha experimentado una vergüenza y una turbación parecidas.

Entonces ella podía hablar, así que las emociones debieron de ser aún más fuertes y nítidas.

Sin embargo, ahora está vacía de lenguaje.

Las palabras y las oraciones la siguen, separadas de ella como el alma se separa del cuerpo, pero lo suficientemente cerca como para verlas y oírlas.

Gracias a esa distancia, cualquier emoción poco intensa se desprende de ella como una vieja tira de cinta adhesiva.

Ella solo mira, pero no traduce nada de lo que ve al lenguaje.

En sus ojos se forman sin descanso imágenes de las cosas, que se mueven, fluctúan y se borran a su paso. Pero en ningún momento se traducen a palabras.

*

Hubo una noche de verano, hace mucho tiempo, en que mientras caminaba por la calle se echó a reír sola.

Se reía mirando la luna del día trece, la luna que aún no ha alcanzado la plenitud.

Se reía pensando que el astro nocturno parecía una cara triste, que los cráteres redondos se asemejaban a ojos que escondían decepción.

Se reía como si las palabras que llevaba dentro rompieran a reír, y esa risa se expandiera luego a su cara.

Esa noche en que el calor del solsticio de verano se replegaba en la oscuridad,

esa noche no tan lejana en el tiempo,

con su hijo caminando delante de ella,

y ella detrás, sosteniendo una sandía grande y fría en los brazos.

Su voz fluía cálida y se propagaba solo lo justo a través del espacio.

No había marcas de dientes apretados en sus labios.

Sus ojos no estaban congestionados de sangre.

8

Χαλεπὰ τὰ καλά
Jalepa ta kala

La belleza es bella.
La belleza es difícil.
La belleza es noble.

Las tres traducciones eran correctas, puesto que los antiguos griegos no diferenciaban los conceptos de bello, difícil y noble. Del mismo modo que, en coreano, «brillo» posee los dos significados de «claridad» y «color».

Ocurrió durante la primera festividad del Día del Nacimiento de Buda que pasé en Seúl después de volver de Alemania. Me dirigí al templo de Suyuri, el mismo al que había ido muchos años atrás con mi madre y mi hermana, pero esta vez fui solo. En aquel entonces había campos de patatas a ambos lados del camino que conducía al templo, pero ahora los habían cubierto de cemento para construir bloques de apartamentos de cinco plantas. Solo tras cruzar el primer portal, pude comprobar que el templo permanecía intacto a pesar del paso del tiempo. No había edificaciones nuevas en el recinto, pero la pagoda y el pabellón de la campana se me antojaron más pequeños de como los recordaba. Todo había empequeñecido al hacerme adulto.

Todavía era capaz de moverme a mis anchas por la noche, así que deambulé por el recinto sagrado esperando a que oscureciera. No había tantos farolillos de papel como recordaba, pero el espectáculo visual que ofrecían no había cambiado. Mejor dicho, era incluso más hermoso que cuando lo había contemplado por primera vez de pequeño. Si en aquel entonces el desfile de los faroles me había causado un asombro candoroso, ahora me estremecía hasta el fondo del alma.

Cuando por fin cayó la tarde, me senté en el entarimado del santuario a ver cómo se balanceaban y difuminaban los farolillos rosados y blancos con cada ráfaga de viento. Nunca experimenté tan intensamente como ese día que, en un principio, «bello» y «sagrado» eran una sola palabra, del mismo modo que «brillo» significa también «color». Me levanté para marcharme cerca de las once de la noche, que era la hora en que cerraban el santuario principal.

Me dirigía hacia la salida del templo, murmurando para mis adentros: «Hora de volver a casa». Todavía debía caminar unos treinta minutos hasta la amplia avenida donde estaba la parada de autobús, y luego aún me quedaba una hora de trayecto. Y, de pronto, me asaltó un pensamiento de lo más extraño: se me ocurrió pensar que el autobús nunca me llevaría a mi casa; que no podría encontrar el camino de vuelta por muchos transbordos que hiciera; que jamás podría escapar de esa noche tan intensa.

No era la primera vez que experimentaba una sensación semejante. Lo había soñado infinidad de veces durante mi adolescencia en Alemania. En el sueño siempre era de noche, y los carteles que veía a través de la ventanilla del autobús estaban escritos en un idioma que no era coreano ni alemán. Me había subido al autobús equivocado y quería bajarme, pero no sabía cuál debía tomar o si debía cruzar la calle para tomarlo en la dirección contraria. Más angustioso aún era que no podía recordar adónde me dirigía, así que me quedaba sentado en un asiento del fondo, con la vista fija en las calles cada vez más oscuras.

Seguí caminando, tratando de ahuyentar esa sensación indescriptible, ese sentimiento temible y familiar que me invadía cada vez que me despertaba de ese sueño. El aire de la noche era frío. Las interminables hileras de farolillos rosados sobre mi cabeza continuaban balanceándose en silencio, envueltos en una belleza y serenidad perfectas.

—El mundo es una ilusión y la vida es un sueño —murmuré para mis adentros.

«Sin embargo, mana la sangre y brotan las lágrimas».

9

PENUMBRAS

Hermana, ¿has caminado alguna vez entre las penumbras del alba?

Cuando sales al amanecer y sientes el aire frío, te das cuenta de cuán tibio y frágil es el cuerpo humano. Al amanecer todas las cosas destilan una luz azulada y los ojos, limpios por el sueño del que acaba de despertar, la absorben milagrosamente.

En la época en que vivíamos en aquel apartamento del primer piso de la calle Kriegk, yo solía salir a caminar a esa hora del amanecer. Al volver a casa, cuando el aire ya perdía su tonalidad azulada, nuestros padres y tú aún dormíais. Encendía una lámpara porque dentro estaba más oscuro que fuera y abría la nevera para saciar el apetito. Luego me iba de puntillas a mi cuarto, mordisqueando algunas nueces.

Pero ahora todo eso se ha vuelto imposible para mí, ya que solo puedo desplazarme sin problemas en las horas y los lugares con suficiente luz. Todo lo que puedo hacer es imaginar que salgo al amanecer y que recorro a pie las calles sin automóviles y transeúntes, hasta llegar a la casa de Suyuri donde vivimos tantos años.

¿Te acuerdas de nuestra casa de Suyuri?

Era un espacioso apartamento de cuatro habitaciones en un edificio no muy alto, pero que en invierno resultaba muy frío porque había muchas corrientes de aire. Mamá se quejaba de que en la casa hacía muchísimo frío porque estaba orientada al este, pero yo lo prefería así. Cuando me despertaba en la madrugada y salía al salón, una finísima gasa azul parecía recubrir los muebles. Solía quedarme de pie, todavía en pijama, mirando absorto cómo aquellos hilos azulados se desprendían y llenaban el frío aire que me envolvía. En aquel entonces no sabía que lo que me parecía un espectáculo cautivador y alucinante se debía en realidad a la debilidad de mi vista.

¿Te acuerdas de aquel pollito al que le pusimos Pibi?

Los vendían en la puerta del colegio. Cuando el vendedor metió aquel cuerpecito tibio dentro de una bolsa de papel y lo traje a casa, tú todavía no habías empezado la escuela. Me acuerdo de que enrojeciste de contento cuando lo viste. Y gracias a lo pesada que te pusiste, mamá nos dio permiso para tenerlo en casa.

Sin embargo, no habían pasado aún dos meses cuando tuvimos que hacerle una cruz cortando por la mitad un palillo de madera y atando los dos trozos con un cordel. Todavía no habíamos visto las tumbas ni las mesas de ofrendas de la parcela familiar en el cementerio de las montañas, así que imitamos las ilustraciones de los libros de cuentos occidentales.

La tierra del parterre que rodeaba nuestro edificio estaba congelada. Tú tenías los ojos hinchados de llorar toda la noche. Dejaste de cavar con la cuchara porque tenías las manos muy frías, y la mía se dobló enseguida sin conseguir hacer apenas mella en la tierra helada. Entretanto, el cuerpecito de Pibi yacía allí, envuelto en un pañuelo de gasa blanco, quieto y mudo.

No te lo he contado antes, pero el primer invierno que volví a Corea fui a ver nuestra antigua casa.

El edificio bajo de apartamentos había sido demolido y en su lugar habían levantado un centro comercial de seis plantas. Donde antes estaba el parterre había ahora una serie de líneas blancas delimitando las plazas de aparcamiento, en las que solo se veían un par de automóviles y una camioneta. Me quedé mirando la escarcha que se había formado sobre los parabrisas y retrovisores, así como el aliento blanco que salía de mi boca, hasta que de repente, casi sin darme cuenta, me pregunté qué habría sido de los huesecillos de Pibi.

*

Querida Ran:

Recibí la carta y el CD que me enviaste.

Te respondí el mismo día que los recibí, pero no me gustó cómo me quedó, así que este es mi segundo intento. No sé por qué, pero últimamente todo lo que escribo se convierte enseguida en algo apagado y sin vida.

En fin, a pesar de las preocupaciones que manifiestas en tu carta, yo sigo bien.

Consulto regularmente a un oculista de confianza, y cocino yo mismo y como a las horas debidas. Por las mañanas hago algo de ejercicio durante una media hora, y por las tardes salgo a dar largos paseos por las callejuelas del barrio.

De hecho, eres tú quien debería preocuparse por su salud. ¿Acaso no arde continuamente un fuego en tu corazón? Cuando te obsesionas con algo, lo haces con tanta intensidad que olvidas cuidar de ti misma y terminas enfermando.

En nuestra familia solían compararnos a los dos diciendo que yo, el mayor, parecía una niña; y que tú, la menor, parecías un varón. Tú odiabas con toda el alma oír eso, y también que te mandaran ordenar los cajones de tu armario, preparar la mochila para la escuela, escribir cuidadosamente y tratar a los adultos con respeto, tal como hacía tu hermano mayor. Entoces le gritabas a mamá con voz de trueno que te dejara tranquila, que te iba a salir humo por la cabeza, que si pudieras te meterías en la nevera para enfriarte.

¿Sigues igual, Ran?

¿Todavía te enfadas tanto que te dan ganas de meterte en la nevera?

¿No será que estás tan ocupada con los ensayos que solo desayunas y cenas muesli en todo el día, como hacías cuando ibas a la escuela?

¿Te llevas mejor ahora con el director de la compañía de ópera?

¿Has hablado recientemente con mamá?

¿Cómo está de las rodillas?

¿Se maneja bien sola?

A pesar de lo mucho que os preocupáis mamá y tú, me va bastante bien en la academia. Madre tiene miedo de que me quede sin dinero y de que me lo calle por orgullo, así que cuéntale que me han dado otro curso más de latín elemental y que ahora doy clases cuatro días a la semana. Y aunque tengo más trabajo, son pocos estudiantes y no me canso mucho. Además, todos mis alumnos son personas adultas y con estudios, así que disfruto dándoles clase. También puedes contarle que, después de volver aquí, me dediqué a leer de vez en cuando a los clásicos orientales, y que trabé amistad con algunos estudiantes a los que podía consultarles sin reservas; por cierto, hace mucho que no me pongo en contacto con ellos. Y debo reconocer que a veces tengo envidia de mis alumnos, pues poseen la firmeza de aquellos cuyas vidas, lenguaje y cultura nunca se quebraron en dos, como nos ocurrió a nosotros.

Querida Ran:

En estos últimos tiempos tengo una alumna que ha llamado mi atención y a la que observo con detenimiento.

Como hay tan pocos estudiantes en mis clases, puedo darme cuenta por su expresión corporal o por el brillo de sus ojos cuando algo les interesa. Sin embargo, ella no muestra ningún interés por los textos que estudiamos, por la filosofía o la literatura griega, ni tampoco por los pasajes del Nuevo Testamento que a veces citamos. Pero eso no significa que descuide el curso, puesto que no ha faltado un solo día. Parece que lo único que le atrae es el idioma, ya que presta mucha atención a la gramática y a algunas expresiones en particular.

Lo más llamativo de todo es que nunca habla ni se ríe. Cuando le dirijo la palabra en clase no responde, y tampoco habla con nadie durante los descansos. Al principio pensé que solo era una persona tímida, pero a estas alturas me parece ya muy raro, pues en estos seis meses no la he oído hablar ni una sola vez.

Un día en que entré al aula después del descanso, un alumno me comentó entre risas que ella había escrito un poema en griego. Me picó la curiosidad y le pedí que me lo enseñara, pero ella se me quedó mirando fijamente, hasta que al final recogió sus cosas y salió del aula.

Fue entonces cuando se me ocurrió que podía ser sordomuda, que había estado siguiendo las clases leyéndome los labios y que por eso no había mostrado ninguna reacción ante las bromas y preguntas de sus compañeros.

Salí corriendo tras ella y la detuve agarrándola por el brazo cuando estaba a punto de bajar por las escaleras de emergencia, pues si se alejaba del resplandor de las luces ya no podría verla. Le dije con la voz y también mediante lenguaje de signos que lo sentía mucho, que no me había dado cuenta de que no podía oír, que mi intención no era incomodarla. Sin embargo, después caí en la cuenta de que se lo dije en el lenguaje de signos alemán, que es completamente diferente del coreano, pero en ese momento no se me ocurrió qué otra cosa hacer.

Ella se me quedó mirando sin mostrar la menor reacción. No te puedo explicar la extraña desesperación que sentí entonces. Había algo aterrador en su silencio, algo terrible. Me recordó a lo que sentí hace tanto tiempo cuando levanté el cuerpecillo de Pibi para envolverlo en el pañuelo de gasa, cuando miré dentro del agujero que cavamos con cucharas en la tierra congelada…

¿Te lo puedes imaginar?

Nunca había percibido un silencio semejante en un ser vivo.

Querida Ran:

Recibí la carta y el CD que me mandaste.

Perdona que haya tardado tanto en responderte.

Últimamente me cuesta un poco escribir.

No es algo de lo que tengas que preocuparte.

Es que estoy leyendo menos, tal como quería mamá.

Paso la mayor parte de mi tiempo libre sentado tranquilamente sin hacer nada o dando largos paseos por las calles luminosas, así que se me hace un poco raro tomar el bolígrafo y ponerme a escribir una carta o terminarla, por muy corta que sea.

Eso sí, escucho casi todos los días el CD que me enviaste.

Cuando presto atención a la parte de soprano, a veces reconozco tu voz entre las voces del coro.

Allí ahora empezará a oscurecer.

Todavía quedará algo de claridad, pero las tiendas habrán empezado a encender las luces y los transeúntes caminarán con pasos presurosos. Habrá mucha gente esperando en la parada del tranvía, mientras que otros muchos bajarán a toda prisa las escaleras para tomar el metro, pasando junto a los indigentes sin hogar.

Aquí ahora es noche profunda.

Te escribo esta carta mientras escucho tu CD con la ventana abierta y el volumen bajo, tarareando de vez en cuando la melodía.

¿Te acuerdas de las noches de verano en Seúl?

¿Del refrescante aire húmedo, como para compensar el calor de la tarde?

¿De la oscuridad que se derrama envolviéndolo todo?

¿De las calles que huelen intensamente a hierba y savia de árboles?

¿Del ruido de los motores de los coches, que se oye hasta bien entrada la madrugada?

¿Del chirrido de los insectos que resuena toda la noche entre los arbustos que cubren las laderas del monte?

Tu música fluye en medio de todo eso.

¿Me dejas que te confiese algo?

Yo solía quejarme cuando hacías tus prácticas de canto en casa, y tú me hacías callar con tu carácter temperamental y la potencia de tu voz cultivada. Sin embargo, hay algo que no sabes. El primer invierno que pasamos en Frankfurt, donde hace más frío que en Seúl, cuando volvía a casa exhausto de la escuela, del idioma y de la gente que sentía tan ajenos, me quedaba sentado en el pasillo delante de nuestro apartamento, con la espalda pegada en la pared, escuchando tu canto que se escapaba por el resquicio de la puerta. No te puedes imaginar cómo tu voz me acariciaba la cara.

Al invierno siguiente nos mudamos a Mainz, donde los alquileres eran más baratos. Tú acababas de entrar en la adolescencia y dijiste algo que todavía recuerdo. Mamá había abierto una tienda de productos alimentarios asiáticos y solía llegar tarde a casa. Fue una noche en que estábamos cenando unos platos de muesli que no podían verse más insípidos sobre la mesa vacía del comedor. Con la cabeza gacha, murmuraste que el silencio que separaba el pobre instrumento que era tu cuerpo de la canción que tenías que cantar te resultaba tan insalvable como un precipicio.

Entonces te me quedaste mirando con la misma expresión de aquella niña de cinco años que tenía las manos heladas por el frío, como diciendo que ya no había nada en el mundo que tuviera sentido. Entonces pensé para mis adentros: «Si ni siquiera tu propia voz puede acariciarte la cara como hace con la mía, ¿qué podrá consolarte entonces?». No te imaginas la desesperación que me invadió.

¿Sentiste una desesperación parecida por mí?

Cuando mamá te dijo que había comprado un billete de avión para Incheon, viniste corriendo a verme en un tren nocturno a pesar de que tenías un ensayo general al día siguiente. Llevabas una de las solapas del abrigo doblada hacia dentro, y, como si fueras una diva, te habías envuelto el cuello con un elegante pañuelo de colores blanco, amarillo y verde claro para protegerte la garganta.

«No te entiendo —me dijiste—. Creía que nos querías».

A veces me quedo pensando
en lo extraño que es formar parte de una familia,
en lo extrañamente triste que es eso.

Cuando nos mudamos a la otra punta del mundo, éramos frágiles como un par de huevos en una canasta, como dos bolas de porcelana hechas de la misma arcilla. Entre tus enfados, tristezas y alegrías, mi infancia se agrietó, se rompió, se recompuso como pudo y fluyó sin problemas.

A veces me echo a reír solo cuando me acuerdo de los juegos de nuestra niñez. Me acuerdo de cuando nos poníamos motes y nos burlábamos el uno del otro, de lo que canturreábamos cuando yo te llevaba a cuestas sobre mi espalda: «¿Dónde estamos?», «En la parada». «¿Dónde estamos?», «Todavía falta». Fue un tiempo breve en que pude cuidar de ti porque era más fuerte que tú.

Me acuerdo de que adornaste la caja de cartón de Pibi recortando y pegando papeles de colores.

El pollito se estaba muriendo y no había parado de piar desde el anochecer hasta la madrugada. Papá salió en pijama, dirigió una mirada furibunda al pollito y luego a ti, que estabas agotada de cuidarlo y de llorar toda la noche, y de pronto gritó: «¡Tirad eso ya!». Sin parar de llorar, le pegaste a papá en la barriga con tus pequeños puños y le clavaste los dientes en el muslo.

Ran,

¿piensas de vez en cuando en papá?

Me pregunto si te quedan algunos recuerdos de él que yo no tengo, ya que él te quería y a menudo te llevaba de la mano al zoológico, al parque de atracciones, a la cafetería y a otros lugares.

A mí, en cambio, no me quiso mucho. Al igual que solía hacer otra mucha gente durante nuestra infancia, él también nos comparaba. Le decía a mamá que yo era manso como una chica y que no sabía hacer otra cosa que estudiar, que le habría gustado tener un hijo tan extrovertido y franco como lo eras tú, un hijo que al crecer se convirtiera en un hombre de verdad. Sin embargo, lo que él realmente detestaba de mí no era mi personalidad sino mis ojos. Nunca me miraba a los ojos. Si por casualidad nuestras miradas se encontraban, él apartaba la suya despacio, con calma. Papá era muy frío. Medró rápidamente en su organización para convertirse en un joven ejecutivo, pero renunció a su puesto al año de que lo pusieran a cargo de la sucursal alemana. Un buen día desapareció de pronto sin decirle a nadie adónde iba. ¿Te acuerdas? Volvió al cabo de seis meses para someterse urgentemente a una operación de la vista, pero la cirugía no salió bien. Y después de mudarnos a Mainz, ya no quiso salir nunca más del cuarto en el que se recluyó.

¿Te lo dijo a ti?

¿Te dijo dónde estuvo escondido durante esos seis meses?

¿En las penumbras de qué ciudad estuvo esperando antes de volver?

Quisiera preguntarle sin compasión y sin el poco cariño que le tengo qué es lo que vio y oyó en ese tiempo, si esa penumbra se convirtió de verdad en auténtica noche.

Si se lo hubiese preguntado cuando todavía estaba vivo, nuestro padre era tan frío que se habría burlado de mí. Se habría quitado las gafas que ya no le servían de nada y se me habría quedado mirando sin decir nada con aquellos ojos vacíos por debajo de sus bien delineadas cejas.

Te echo mucho de menos, Ran.

Echo de menos tu terquedad y tu potente voz como de sirena en la niebla.

Sabes que nunca sacaré sabiduría de mi dolor. Que aunque pierda la vista, no abriré los ojos del alma. Que me perderé entre los recuerdos confusos y los sentimientos exacerbados. Que me quedaré esperando con mi estupidez innata, y que lo haré con porfía aunque no sepa qué espero.

He terminado de escuchar tu CD
y ahora la noche es más profunda que hace un rato.
Tu voz ha impregnado la quietud,
por eso la siento más cálida hoy.
Todavía faltan tres horas para que salga el sol,
así que será mejor que duerma un poco.
Cuando apague la lámpara, vendrá la oscuridad,
la noche de mis ojos, que es más oscura que la brea, que es casi la misma con los ojos abiertos o cerrados.

¿Puedes creer que todas las noches apago la luz sin desesperarme? Es porque me despierto antes del alba, descorro a tientas las cortinas, abro la ventana y contemplo el cielo oscuro al otro lado de la mosquitera. Con la fuerza de la imaginación, me pongo una chaqueta ligera y salgo por la puerta, camino por la acera a oscuras, contemplo el espectáculo de la oscuridad deshaciéndose en hilos azules que envuelven mi cuerpo y la ciudad, me limpio los lentes y entierro la cara en esa luz azul con los ojos bien abiertos. ¿Puedes creerlo? De solo imaginarlo, me late fuerte el corazón.

10

παθεῖν
μαθεῖν

—Son los verbos «padecer» y «aprender». ¿Verdad que se parecen mucho? Mediante esta especie de juego de palabras, lo que Sócrates quiere transmitir aquí es la similitud entre ambas acciones.

Ella saca de debajo del codo el lápiz que presionaba sin querer. Tras frotarse la zona dolorida, copia en el cuaderno las dos palabras de la pizarra. Las copia en griego, pero no escribe al lado su traducción en coreano. En lugar de eso, se restriega los ojos con el puño aunque no tiene sueño. Luego se queda mirando la cara demacrada del profesor de griego, la tiza que sostiene en la mano, las palabras en su lengua materna semejantes a manchas de sangre seca, blancas, incrustadas en la pizarra.

—Sin embargo, no se puede decir que la interrelación de estos términos sea un mero juego de palabras, puesto que para Sócrates aprender algo significaba literalmente padecerlo. Tal vez Sócrates no lo considerara de ese modo, pero así fue como lo formuló el joven Platón al ver a su maestro.

El hombre de mediana edad sentado detrás de la columna le da sorbos al café ya frío de la máquina expendedora. La semana anterior convinieron en retrasar el inicio de la clase a las ocho, ya que él venía directamente del trabajo y no le daba tiempo a cenar. Sin embargo, quizá porque hoy tiene el estómago lleno, se le ve más cara de sueño y cansancio que de costumbre. Hace una semana que el estudiante de filosofía no viene a clase, porque terminó el semestre en la facultad y ha vuelto unos días a su pueblo. En cambio, el de posgrado sigue moviendo los labios en silencio, pronunciando las palabras en griego con expresión tensa. Según le había contado al estudiante de filosofía, en cuanto aprobara la tesis pensaba marcharse a Inglaterra para estudiar medicina griega, pero para ello tenía que conseguir una beca subvencionada por una compañía farmacéutica que le permitiría costearse los estudios y la estancia. Un día trajo a clase un ejemplar en griego del libro de Galeno lleno de frases subrayadas y, para su perplejidad, le pidió al profesor que le ayudara a entender un párrafo sobre anatomía. Cuando se quejó de lo difícil que era traducirlo, el profesor le dijo con una sonrisa: «A los europeos también les cuesta mucho entender el griego clásico, del mismo modo que a los coreanos de hoy en día les cuesta leer un clásico chino... Así que no pretenda entenderlo a la perfección todavía».

—El día que el oráculo de Delfos proclamó que Sócrates era el hombre más sabio de Atenas, comenzó la segunda parte de su atribulada existencia. Se plantaba en la entrada del mercado y, como si fuese un mendigo, un pendenciero o un sacerdote, les decía a todos que él no sabía nada, que estaba dispuesto a aprender de quien estuviera dispuesto a enseñarle lo que era la sabiduría. El resto de su vida fue un aprendizaje sin maestros, el comienzo de la etapa del sufrimiento que todos conocemos como el final de su vida.

Ella sigue mirando la cara demacrada del profesor. Las palabras en coreano de la pizarra se atascan en la lisa superficie del lápiz que aprieta con mano sudorosa. Conoce esas palabras y al mismo tiempo las desconoce. Solo le esperan las náuseas. Puede relacionar esas palabras y al mismo tiempo no puede. Puede y no puede escribirlas. Agacha la cabeza y exhala despacio. No quiere volver a respirar, pero toma una gran bocanada de aire.

11

NOCHE

El apartamento alquilado era oscuro.

Aparte de estar en la planta baja del edificio, el salón daba a un bosque frondoso. Se había decidido a alquilarlo precisamente porque le gustó que se pudieran contemplar los troncos de los enormes árboles, pero no pensó en las sombras que proyectaban en el salón incluso en pleno día.

Cuando el niño aún vivía con ella, mantenía siempre encendidas aquellas luces fluorescentes que buscaban asemejarse a la luz solar, pero ahora ya no tenía necesidad de ello. Pasaba la mayor parte del tiempo en el salón en penumbra, donde era imposible adivinar qué tiempo hacía fuera. Apenas entraba en el dormitorio principal que había compartido con el niño, amueblado con una cama doble, un armario y el televisor. Tampoco en la habitación más pequeña, donde estaban el escritorio y la estantería de madera natural que había mandado hacer para el pequeño. Ese cuarto era el único lugar luminoso de la casa, el único al que no llegaban las sombras del bosque, pero solo entraba allí los días en que venía su hijo.

Poco después de la muerte de su madre –todavía tenía al niño con ella y aún no había perdido el habla–, sacó las prendas de luto que vestiría durante un año, todas de color negro, y las colgó en un perchero de unos sesenta centímetros de largo: una camiseta de algodón para primavera y otoño, una blusa de manga corta, unas bermudas y un par de tejanos, un suéter de cuello alto y un abrigo, una bufanda de lana gruesa y unos guantes.

–Ya está. No necesito comprar nada –murmuró para sí misma, de pie delante del perchero.

El niño, que la observaba sentado en la cama, le preguntó:

–¿Por qué tienes que vestirte durante un año con ropa negra, mamá?

–Para que mi corazón no se alegre, supongo –le respondió ella en tono tranquilo.

–¿Es malo que se alegre?

–Sería una falta de respeto.

–¿A la abuela? Pero si a la abuela le gustaba verte reír...

Entonces se giró hacia el niño y le sonrió.

*

Su vida diaria era muy simple.

Lavaba sin demora las escasas prendas negras que usaba en cada temporada, compraba la cantidad mínima de alimentos que necesitaba en las tiendas cercanas, se preparaba comidas sencillas e, inmediatamente después de comer, fregaba los platos. En las horas diurnas en que no hacía ninguna de estas tareas básicas, se sentaba en el sofá del salón a mirar los gruesos troncos y las ramas verdes de los árboles. La casa se quedaba completamente a oscuras antes de que cayera la tarde. Cuando se ennegrecían las siluetas de los árboles, ella salía de la casa, atravesaba el complejo de apartamentos donde comenzaba a cernirse el ocaso, cruzaba el paso de cebra con el semáforo en verde que enseguida se ponía a parpadear, y continuaba andando sin parar.

Caminaba hasta quedar exhausta, hasta no sentir la quietud de la casa a la que tenía que volver, hasta que se quedaba sin fuerzas para mirar los árboles negros, las cortinas negras, el sofá negro y las cajas negras de Lego, hasta que caía rendida en el sofá embargada por el sueño y se quedaba dormida sin ducharse ni taparse con una manta. Lo hacía para no despertarse en plena noche por una pesadilla, para no desvelarse y dar vueltas en la cama hasta el amanecer, para no invocar obstinadamente los recuerdos como cristales rotos durante las vívidas horas de la madrugada.

Los jueves que tenía clase de griego cogía su bolso y salía de casa temprano. Se bajaba del autobús varias paradas antes de llegar a la academia y caminaba por las calles soportando el calor de la tarde que emanaba del asfalto. Antes de entrar en las sombras del edificio, notaba todo su cuerpo empapado en sudor.

Un día, cuando se dirigía al primer piso, vio al profesor de griego subiendo por las escaleras. A fin de pasar inadvertida, ella se paró y acalló su respiración tratando de no hacer ruido, pero él sintió su presencia y se giró sonriendo. Su sonrisa traslucía a la vez familiaridad y una torpe timidez, como dando a entender que había pensado en saludarla pero se había contenido de hacerlo. Enseguida se puso serio, como disculpándose por haber sonreído.

Después de aquel día, cuando se encontraban en las escaleras o en los pasillos, él se limitaba a saludarla vagamente con los ojos en lugar de sonreírle. Luego, avanzando casi al mismo paso, él se dirigía hacia la puerta delantera y ella hacia la puerta posterior del aula, y entraban casi al mismo tiempo en la clase aún vacía. Caminaban encorvados de un modo parecido, con sus grandes bolsos colgando del hombro, serenamente conscientes de la presencia del otro.

*

Su cara adoptaba una expresión muy particular cuando se dirigía a alguien. Era una mirada que pedía aprobación con humildad, pero que en ocasiones estaba teñida de algo más, de una sutil e inexplicable tristeza.

Faltaba todavía media hora para que empezara la clase y los dos estaban solos en el aula. Después de sentarse en su pupitre y sacar el libro de texto y el estuche de lápices del bolso, ella levantó la vista distraídamente y se encontró con la mirada del profesor. Él se levantó de su asiento junto al atril y se aproximó a un pupitre cercano al suyo. Tras retirar la silla, se sentó frente a ella. Luego levantó ambas manos y las entrelazó suavemente en el aire. Por un instante, ella creyó que le estaba pidiendo un apretón de manos. Él se quedó así un rato, como dudando de si dirigirle o no la palabra. Al oír los pasos de alguien en el pasillo, se levantó y volvió a su lugar junto al atril.

*

De vez en cuando los dos se quedaban mirándose en silencio. A veces era en el aula, antes de que empezara la clase o una vez comenzada; otras veces era en el pasillo, durante los minutos de descanso, delante de la oficina de administración. Ella se fue familiarizando con el rostro del profesor. Sus rasgos y expresiones, su complexión y sus posturas, antes indistintos, se volvieron reconocibles para ella. Pero no le confirió ningún significado, no puso palabras a ese cambio.

*

Es una noche calurosa de julio.

Los ventiladores giran vertiginosamente a ambos lados de la pizarra y las dos ventanas del aula están abiertas.

—Este mundo es efímero y hermoso —explica el profesor—. Pero lo que Platón quería no era un mundo que fuera efímero y hermoso sin más, sino uno que fuera eterno y hermoso.

Hace veinte minutos que el corpulento estudiante de posgrado, siempre tan aplicado en clase, dormita en su sitio. El hombre de mediana edad detrás de la columna se limpia varias veces el sudor de la nuca con un pañuelo hasta que, vencido por el cansancio, se duerme con la cabeza apoyada en el pupitre. Los únicos que permanecen despiertos son ella y el estudiante de filosofía. En cuanto las ráfagas de aire del ventilador giratorio se alejan de él, el estudiante se apresura a refrescarse la cara con un abanico de papel.

—*La República* es en realidad una obra de una fuerza enorme. Despliega un razonamiento tan contundente que atrapa al lector. A veces, cuando su argumentación se adentra en un terreno crítico... cuando se acerca, digamos, al borde del precipicio, Platón adopta la voz de Sócrates y pregunta al lector si lo está siguiendo sin problemas. Es como un temerario guía de montaña que se gira en medio de la expedición para preguntar a los demás si están todos bien. Pero él mismo sabe, y nosotros también, que ese preguntarse y responderse a sí mismo no es más que un soliloquio lleno de riesgos.

Mientras dice esto, el profesor fija la vista en ella y la mira con ojos serenos detrás de los lentes verdosos. Como a los estudiantes les cuesta concentrarse por el calor, desde hace unos diez minutos ha estado explicando el contenido del libro en lugar de su gramática. De un tiempo a esta parte, las clases de lectura han cabalgado a medio camino entre el griego y la filosofía.

—Platón consideraba que la gente que creía en la belleza de las cosas, pero no en la belleza en sí misma, vivía en un estado semejante al del sueño; y estaba convencido de que podía demostrárselo a cualquiera a través del razonamiento. En cierto modo, en su mundo todo estaba al revés. Es decir, pensaba que él estaba despierto y no soñando, pues no creía en la belleza de las cosas reales, sino solo en la belleza en sí, una belleza absoluta que no puede existir en la realidad.

*

Al pasar por delante de la oficina de administración al término de la clase, ella ve al profesor de griego hablando con la secretaria de la academia. Esta le explica entusiasmada las funciones del teléfono inteligente que acaba de comprarse.

Encorvándose un poco, él examina el móvil de muy cerca, casi pegando las gafas al aparato. En esa postura parece todavía más bajo de lo que es en realidad.

—Es una transmisión a tiempo real de una cámara web instalada en el polo sur para observar una colonia de pingüinos —explica la secretaria, hablando muy rápido y en voz alta—. Me resulta de lo más refrescante mirarlos con este calor. Mire, allí también es de noche. ¿Los ve? Los pingüinitos están todos dormidos… ¿Y qué es eso? ¿Eso de color morado oscuro? Ah, es el mar. Y eso blanco es el hielo. Son los glaciares. ¡Oh, ahora mismo está nevando! ¿Lo ve? Esos puntitos blancos que brillan… ¿No ve la nieve?

*

Al salir del edificio de la academia, ve al corpulento estudiante de posgrado apoyado contra la pared, hablando por teléfono con alguien. Con un cigarrillo sin encender entre los dedos, habla con voz grave y apretando los dientes, sin darse cuenta de que ella pasa a su lado:

—Ya te dije que no pensaba pedirte ayuda, así que ahora no te interpongas en mi camino. Ese dinero es para irme a estudiar fuera. Me rompí el lomo trabajando para poder reunirlo, y por eso todavía no he podido terminar el posgrado a mi edad. Papá, por favor. Tú y yo sabemos muy bien que, aunque te dé ese dinero, te vas a ir a la ruina de todos modos, te vas a arruinar una y otra vez hasta quedarte sin nada.

*

Cuando termina la clase de griego, ella camina por las calles oscuras, como hace siempre. Los automóviles circulan a velocidades temerarias por el asfalto, también como siempre. Las motocicletas que llevan comida en sus cajas metálicas rojas hacen acrobacias sobre la calzada, ignorando los semáforos y la señalización de los carriles. Ella sigue andando. Pasa junto a borrachos jóvenes y viejos, oficinistas agotados en traje y corbata, ancianas que contemplan con mirada ausente a los transeúntes desde la entrada de restaurantes vacíos.

Llega a una bulliciosa intersección donde se entrecruzan dos avenidas de seis y cuatro carriles respectivamente. Los rascacielos se elevan altísimos y hay pantallas electrónicas instaladas en la parte superior de los edificios. Como siempre, se detiene ante el paso de cebra y se queda mirando las imágenes. Bocas gigantes se mueven diciendo cosas inaudibles; letras enormes desfilan por la parte inferior de la pantalla como peces boqueando; pasan imágenes agigantadas de las noticias: cadáveres en camillas, multitudes, un avión en llamas, una mujer llorando a lágrima viva.

El semáforo se pone en verde. Ella cruza el asfalto, que todavía irradia el calor del sol acumulado. Las pantallas electrónicas siguen emitiendo imágenes mudas y letras gigantescas. Un automóvil de líneas aerodinámicas atraviesa silenciosamente un desierto interminable, la risa inaudible de una mujer con un vestido muy escotado destella sobre la calle negra como un fantasma.

*

Al acercarse al ancho río que atraviesa la ciudad, su cara polvorienta se ve reluciente por el sudor. Ella sigue andando por el camino de la ribera del río, que parece extenderse interminablemente. Las luces reflejadas en las aguas oscuras se mecen ondulantes. Siente las pantorrillas agarrotadas y le duelen las plantas de los pies en sus sandalias de fina suela. La negra brisa húmeda que se alza de la superficie del río refresca poco a poco su cuerpo sudoroso.

No sabe que desde la pasada primavera todas las noches ha estado inhalando micropartículas luminiscentes a través de las vías respiratorias que siguen titilando en su interior. No sabe nada de los elementos radiactivos que circulan por sus células irradiando una débil luz: zenón, cesio 137 o yodo 131, aunque este último tiene una vida muy corta y habrá desaparecido enseguida. Nada sabe de las partículas de roja sangre grumosa que fluyen incesantemente por sus venas. Nada sabe de sus pulmones, músculos y órganos oscuros, ni tampoco de su corazón caliente que bombea con fuerza.

*

Entra en el paso subterráneo y sigue andando. Pasa junto a tiendas cerradas y otras que están apagando las luces y bajando las persianas. Pasa junto a borrachos dormidos o enzarzados en peleas absurdas. Llega al final del paso subterráneo, largo como un tubo digestivo, que la escupe a una calle oscura. Sortea un peligroso cruce con el semáforo averiado y la luz ámbar parpadeante. Pasa por una calle vacía de gente en estado ruinoso, donde en un oscuro aparcamiento público se agazapan docenas de automóviles silenciosos. Pasa por una calle bulliciosa, junto a un sórdido y ruidoso bar callejero, y junto a borrachos que bajan peligrosamente a la calzada para parar un taxi. Se cruza con miradas lascivas que la escrutan con impudicia y con miradas desenfocadas de ojos indiferentes.

Cerca de la medianoche, descubre que ha llegado a la entrada de un cine que le resulta desconocido. Ya no se venden entradas para la última sesión y la taquilla está apagada. Sin apenas darse cuenta de lo que hace, se aproxima a la ventanilla de acrílico. Acerca los labios a los ocho orificios oscuros, pero se retira sobresaltada, como si de esos agujeritos perfectamente idénticos saliera una energía aterradora, una energía capaz de arrancarle a la fuerza la voz de su boca y su garganta.

*

La parada de autobús de delante del cine se ve muy sucia y oscura. Está llena de latas de cerveza espachurradas, botellas de refresco vacías, bolsas de plástico, escupitajos, restos pisoteados de palomitas de maíz. Ya no desea seguir andando. Ve llegar un autobús interurbano que quizá sea el último. No pasa por su casa, pero la deja en las inmediaciones.

Apenas sube al autobús, se sorprende por el frío excesivo del aire acondicionado. Hay una docena de pasajeros sentados en silencio bajo la luz mortecina del vehículo. En su mutismo se trasluce el agotamiento y la derrota, así como una hostilidad antigua e imprecisa.

Se adentra por el pasillo hasta encontrar un lugar con los dos asientos vacíos. En el televisor instalado detrás del asiento del conductor, se ve una escena de telenovela con el sonido quitado. Un hombre y una mujer discuten violentamente para luego darse un beso prolongado. Los colores no están bien ajustados y la pantalla tiene un tono azulado.

*

Ella no mira la pantalla del televisor. La invade un cansancio abrumador, pero aunque cierra los ojos no puede dormir, así que mira a través de la ventanilla. Debido al exagerado, casi agresivo frío del aire acondicionado, se le ha puesto la piel de gallina en los brazos y el cuello. El autobús recorre calles que permanecen iluminadas durante toda la noche. En la nevera de una cafetería se ven muffins y tartas de colores. En el escaparate de una joyería cerrada brilla un collar con un enorme diamante falso. Un conocido actor sonríe desde un gigantesco póster que cubre toda la pared de un edificio, y su sonrisa hace que se le marquen las finas arrugas de los ojos. Una mujer con un vestido corto y unas botas de cuero que desentonan con la estación estival se sube a un taxi sosteniendo un móvil en la mano. Un hombre de pelo canoso duerme acurrucado encima de papeles de periódico delante de un restaurante de comida rápida cerrado.

*

Se acuerda del caleidoscopio que hizo cuando estaba en la escuela primaria. Uniendo tres espejos rectangulares que compró en una vidriería, armó un prisma triangular, lo introdujo en el interior de un tubo, y luego metió dentro trocitos de papeles de colores. Se quedó fascinada al instante con el extraño mundo que se desplegaba ante sus ojos cada vez que hacía girar el artilugio.

Desde que ha perdido el habla, hay ocasiones en que ese extraño mundo se superpone al que ven sus ojos, como le ocurre ahora en el autobús que fluye a través del duro y oscuro bosque de la noche transportando su cuerpo exhausto; o cuando sube por las escaleras oscuras y estrechas de la academia y cruza el largo pasillo hasta llegar al aula; o cuando se queda contemplando el sol de la tarde, la quietud, los troncos y los rayos de luz amarilla que se filtran a través de las hojas de los árboles; o cuando camina bajo las coloridas bombillas y los letreros de neón, que titilan ruidosamente como a punto de explotar en cualquier momento.

Desde que ha perdido el habla, todos los paisajes se convierten en fragmentos rotos de aristas definidas, como los papelitos de colores del caleidoscopio que cambian silenciosa y repetidamente de forma, cual infinitos pétalos fríos.

*

Entonces su hijo tenía seis años.

Una tarde ociosa de domingo, mientras charlaban despreocupadamente, ella le propuso que se pusieran nombres como los de los indios. Al niño le pareció divertida la idea y, después de bautizarse como «Bosque brillante», le puso un nombre también a ella. Lo pronunció en tono decidido, como si la definiera con exactitud:

—«Tristeza de la nieve que cae».

—¿Cómo?

—Ese es tu nombre, mamá.

Sin saber qué decir, ella se quedó mirando los ojos claros del niño.

*

Los fragmentos de la memoria se mueven y crean formas. Lo hacen sin un patrón, sin plan ni sentido alguno. Se dispersan y, de pronto, se unen con determinación. Parecen incontables mariposas dejando de aletear al mismo tiempo; parecen bailarinas impasibles con los rostros cubiertos.

Así es como ve la carretera que va a K, la ciudad de su infancia.

Ve la tarde de un día de verano cuando ella tenía ocho años y cruzaba una calle cerca de su casa con su perro blanco Baekku, que hacía cinco años que vivía con ellos. Una furgoneta que venía con exceso de velocidad embistió al animal como un rayo y siguió su camino sin detenerse. El perro yacía sobre el pavimento caliente, que habían asfaltado pocos días antes, con la panza aplastada contra el suelo como una hoja de papel. Solo las patas delanteras, el pecho y la cabeza seguían teniendo relieve, y el animal gimoteaba y gruñía echando espuma por la boca. Ella se acercó y trató de alzarlo, pero el perro le mordió en el hombro y en el pecho con saña. Ella no pudo siquiera gritar y trató de apartarle el hocico. Pero entonces le mordió en el brazo y ella perdió el conocimiento. Para cuando los mayores llegaron corriendo a socorrerla, Baekku ya había muerto.

Así es como ve los campos de arroz anegados en agua y refulgiendo hasta donde alcanza la vista.

Aquel fue un día de primavera interminable. Acababa de cumplir veinte años y se dirigía a una montaña en las afueras de K para enterrar a su padre. Este trabajaba como vigilante y había fallecido repentinamente mientras cumplía el turno de la noche. Como si el mundo entero se hubiera convertido en una gigantesca pecera, los deslumbrantes campos verdes anegados brillaban infinitos.

Así es como ve el extraño sueño en el que tiene los labios hinchados y amoratados.

En ese sueño repetido infinidad de veces, le explotaba una pústula de la boca y manaba la sangre y el pus. Se le movían los dientes delanteros como si se le fueran a caer y escupía un coágulo de sangre mezclado con flema. Veía una mano desconocida que le tapaba la boca con una bola de algodón dura como una roca. Lo hacía con determinación, como atajando al mismo tiempo la sangre y los gritos.

*

Después de bajar del autobús, continúa andando.

Camina unas cinco o seis paradas y llega a una calle de sentido único con la acera resquebrajada en mil grietas.

Debido a la refrigeración excesiva que había en el autobús, la sofocante noche estival le sigue pareciendo acogedora.

Camina entre la maleza que crece en las fisuras del cemento.

La humedad le moja los pies a través de las tiras de las sandalias.

*

No hace juicios.
No atribuye sentimientos a nada.

Todo le llega fragmentado
y se dispersa en fragmentos hasta desaparecer.

Las palabras se alejan aún más de ella.
Los sentimientos que las han saturado,
como pesadas capas de sombras,
como el hedor o la náusea,
se desprenden viscosos y caen,
como azulejos que se despegan por estar inmersos en agua,
como un trozo de piel que se ha gangrenado sin darse cuenta.

*

Después de sudar y de secarse infinidad veces desde la mañana hasta la noche, su cuerpo pegajoso se refleja en el espejo del baño. Llena la bañera con agua tibia y se mete dentro. Encogiendo su cuerpo polvoriento, trata de adoptar una postura cómoda. Se relaja y se queda dormida, y solo cuando el agua se ha enfriado abre los ojos, temblando.

*

Besa con suavidad los párpados del niño dormido. Se acuesta junto al pequeño y cierra los ojos con fuerza porque quizá fuera esté nevando. Si tiene los ojos cerrados, no verá los grandes y brillantes cristales hexagonales, ni los copos blandos como plumas. Tampoco el mar de un morado oscuro ni los glaciares como picos nevados.

Hasta el final de la noche, no hay palabras ni luz en ella. Todo está cubierto de un manto blanco. La nieve se acumula sin descanso sobre su cuerpo rígido, como si el tiempo se hubiera congelado y desmenuzado. No hay ningún niño junto a ella. Tumbada inmóvil en el borde de la fría cama, invoca el sueño una y otra vez para poder besar los tibios párpados de su hijo.

12

El corpulento estudiante de posgrado levanta la mano y le hace una pregunta al profesor. Su voz seria y grave resuena en el aula silenciosa. La camisa a rayas grises se le pega a la espalda y las axilas por el sudor, creando formas grises más oscuras.

—Me gustaría saber qué diferencia hay entre *to daimonion*, lo espiritual, y *to theion*, lo divino. En la anterior clase dijo que la palabra *theoria* contenía el significado de «ver», ¿es posible que exista la misma relación entre *to theion* y el verbo «ver»? En ese caso, ¿es la divinidad un ser que ve, o se puede decir que es la vista misma?

Ahora la pregunta es del estudiante de filosofía con la cara llena de espinillas. Todavía conserva un deje de su dialecto natal de Daegu. En la pantalla del móvil que tiene sobre el pupitre, se ve a una chica de pelo corto y camisa blanca que dibuja un corazón levantando los brazos.

—En la parte en que demuestra que todo lo que existe contiene dentro de sí lo que lo destruye, da como ejemplo que una inflamación ocular daña la vista y puede provocar ceguera, y que el óxido destruye el hierro y lo desmenuza. Mi pregunta es por qué el alma humana no se destruye a pesar de tener tantas cualidades malas y necias.

13

Todavía no había amanecido.

Alguien entró en mi cuarto y me tocó en el hombro para entregarme una carta. Me restregué los ojos y me incorporé para dar las gracias y aceptar la misiva. Tras abrir el sobre, me encontré con una hoja blanca como la nieve doblada prolijamente un par de veces. Al desplegar el papel, reconocí por el tacto que se trataba de una carta escrita en braille.

Recorrí con detenimiento las oraciones con los dedos hasta llegar al final de la carta sin saltarme ninguna frase. No obstante, no pude entender nada. Ni siquiera supe si las letras que acababa de leer estaban en coreano o en alfabeto latino. Entonces caí en la cuenta: todavía no había aprendido el braille.

Dejé caer sobre mis rodillas la carta, de la que desconocía quién era el remitente y cuál era su contenido, e incluso creo que temblé un poco. ¿Qué respuesta debería darle al mensajero? La persona que me había entregado la carta seguía todavía de pie a la cabecera de mi cama, pero no sabía quién era.

Todavía estaba soñando, pero pensé que si levantaba la cabeza para mirarla me despertaría del sueño. Sin embargo, no había nadie en la habitación conmigo. Como si hubiera regresado a las mañanas de mi infancia, lo veía todo con sus formas y colores definidos. La ventana estaba abierta y debía soplar algo de brisa, porque la cortina azul marino se movía ligeramente. El aire de la habitación brillaba con nitidez, como si contuviera partículas microscópicas de cristal. Hasta podía ver el agua condensada en la pared pintada de color verde claro. Después de quedarme un rato mirando las relucientes gotas que se habían filtrado desde fuera y ahora resbalaban hacia el suelo, me pregunté si estaría lloviendo y, si era así, cómo podía reinar semejante claridad.

En el momento en que caigo en la cuenta de que estaba durmiendo, de que solo estaba soñando que estaba despierto, no experimento ningún sufrimiento. Tampoco siento pérdida o resignación. Mientras se desvanece el sueño, regreso a la vigilia con determinación. Abro los ojos y me quedo mirando el techo blanquecino y los contornos de los objetos que se desmoronan a mi alrededor. Y confirmo con calma que no tengo a donde huir, salvo al mundo de los sueños.

14

ROSTRO

Todavía no me lo puedo creer. No puedo creer que tú, Joachim Grundell, hayas muerto a los treinta y siete años; así como no puedo comprender ese sueño extraño en el que leí la carta hasta el final sin saber braille y, de algún modo, lo supe.

«Sé que estás demasiado lejos para venir», me dijo tu madre. Me dijo también que el funeral sería dentro de seis horas y que me avisaba tarde a propósito para que no me sintiera tan mal. Le respondí lo más sosegadamente posible que sentía mucho no poder ir. Ella me contestó que no me preocupara, y luego me preguntó si estaba bien. Yo le dije que sí, y que cuando fuese a Alemania iría a visitarla. Tu madre no me respondió de inmediato. Tras un breve silencio, me dijo con la voz embargada de emoción: «Claro, tú siempre serás bienvenido».

Desde el sábado por la mañana en que recibí esa llamada telefónica, me he quedado tumbado en la cama con la vista fija en el techo. Cada vez que el hambre me empujaba a abrir la puerta de la nevera, me sorprendía la deslumbrante claridad que había en su interior. Ese espacio frío y brillante era como un paraíso congelado, así que me quedaba allí un rato con la puerta abierta. Después de saciar brevemente el hambre con alguna comida sencilla, volvía a tumbarme como un enfermo que debe guardar cama.

*

La ventana de tu cuarto era especialmente grande y luminosa.

En las tardes de sol, las docenas de aviones en miniatura que tenías alineados en la estantería debajo de la ventana resplandecían lustrosos y brillantes. Mientras estaba de espaldas a ti, admirando los sutiles detalles de las pequeñas aeronaves, tú me decías algo, sentado con las piernas cruzadas en la cama cubierta con una colcha a cuadros azules y verdes. Y cuando me daba la vuelta para mirarte, tú arrugabas la nariz, divertido, y te subías las gafas.

Como buen amante de los libros, tocabas los temas más diversos y te explayabas en ellos a través de túneles y rutas serpenteantes llenas de alusiones, citas y argumentaciones, como en una vertiginosa montaña rusa. Cuando tu exposición se alargaba demasiado, yo me comía un trozo de la espléndida tarta que hacía tu madre, al tiempo que observaba con atención, aunque de forma discreta, las copias de mapas antiguos, fotografías de planetas e ilustraciones en blanco y negro —un armadillo, una sirena, un neandertal de perfil– que tenías colgadas en la pared azul junto al escritorio.

A veces te ponías a hablar sobre mi vista sin tapujos y entonces la conversación giraba en torno al tema ineludible de mi futuro. Aun sabiendo que eso me dolía en lo más íntimo, decías en tono animado: «Si yo fuera tú, me prepararía aprendiendo braille. Cogería un bastón blanco y practicaría caminando solo por las calles. Y también me compraría un magnífico labrador bien adiestrado y viviría con él hasta que muriera de viejo».

Estabas convencido de que tenías todo el derecho a hablarme de aquella manera, de que habías pasado por suficientes desgracias y tormentos como para poder permitirte decir aquello. Te habían operado una docena de veces desde que eras un bebé y a los catorce años te habían anunciado que te quedaban seis meses de vida. Y los médicos y las enfermeras no se lo podían creer cuando conseguiste entrar en la universidad tras estudiar con ahínco por tu cuenta. También me dijiste que el primer amigo que hiciste al salir del hospital fui yo.

Lo recuerdo perfectamente. El día que te conocí me quedé muy sorprendido por lo delgado que estabas, y porque tenías la frente surcada de arrugas como un señor maduro cuando apenas eras siete meses mayor que yo.

Arrugando aún más esa frente, me dijiste: «Quiero confesarte algo... Cuando algún día escriba un libro, me gustaría que también tuviera una edición en braille, para que alguien lo leyera pasando sus dedos por cada letra y cada línea hasta el final. Eso sería como... una auténtica conexión, como tocar de verdad a esa persona. ¿No te parece?».

Me miraste muy serio, como demostrándome que no estabas de broma. Recuerdo esa expresión tuya, la de alguien extremadamente sensible y consciente de sí mismo; y también tus ojos azules, con los iris claramente visibles a la luz del sol. Supe que querías tocarme la cara y que yo te tocara la tuya, pero me apresuré a ahuyentar el pensamiento.

*

A veces me acuerdo de aquel domingo en que subimos por primera y última vez a aquel peñón en las inmediaciones de la ciudad. Trepamos en bermudas por aquellas rocas blancas como articulaciones desnudas, tratando de no rasguñarnos las piernas con los filosos y raquíticos arbustos. Subimos masajeándonos las rodillas doloridas, secándonos el sudor, bebiendo el agua que congelamos la noche anterior, comiendo el pan negro que llevamos como tentempié, intercambiando risas y bromas tontas que ya no recuerdo, hasta que finalmente, antes de alcanzar la cima, tuvimos que iniciar el descenso porque empezaba a caer la tarde.

Aquel día te conté que de pequeño vivía a los pies de una montaña rocosa; que crecí contemplando dos cimas blancas llamadas Insubong y Baekundae; que cuando me acordaba de mi país natal, no me venía a la mente la populosa capital de más de diez millones de habitantes, sino aquellas cumbres rocosas que parecían un par de caras.

Me acuerdo muy bien de aquello porque, en lugar de responder a mis palabras con bromas, como solías hacer siempre, te desmayaste y rodaste unos metros por la pendiente hasta golpearte con una roca plana y alargada que detuvo tu caída.

No podía creer lo que estaba ocurriendo. Me habías dicho montones de veces que ya estabas completamente curado, que querías borrar de tu cabeza los veinte años que habías pasado enfermo. Además, fumabas sin disimulo y bebías una cerveza tras otra, así que no dudé en lo más mínimo de tus palabras.

Todavía me acuerdo de que tu cara estaba tan rígida que parecía la de un desconocido, de que yo temblaba sin control por el terror de presenciar una muerte por primera vez en mi vida, de que tenías los párpados cerrados e inmóviles. Me acuerdo del rocoso y abrupto sendero por el que bajé cargándote sobre la espalda, de que quedé empapado por completo hasta la ropa interior, de cómo escocía el sudor que me resbalaba por la frente y se me metía goteando en los ojos.

*

Unos diez días después de ese incidente, recostado sobre la cama de metal del hospital, me dijiste: «Una vez me preguntaste por qué estudio filosofía, ¿quieres saber la razón?». Lo dijiste frunciendo la nariz para subirte las gafas, aunque te las habías quitado y estaban sobre la mesilla.

—Como sabes, para los antiguos griegos, la virtud o areté no era la bondad o la nobleza, sino la capacidad de hacer algo de la mejor manera posible, de alcanzar la excelencia. Piénsalo, ¿quién puede reflexionar mejor que nadie sobre la vida? Pues aquel que puede morirse en cualquier momento... ¿Por qué? Porque, como se va a morir, no hace más que pensar en la vida todo el tiempo... Es decir, no hay nadie que posea la máxima areté para filosofar que yo, ¿no crees?

*

Esto ocurrió varios años más tarde, después de que nos separáramos, mientras estaba viajando solo por Suiza.

Ese día tomé un barco en el muelle de Lucerna que hacía un recorrido costeando los valles alpinos cubiertos de hielo. Mi plan inicial era permanecer en el barco hasta su destino final en la parte más recóndita del lago, pero de improviso me bajé en una pequeña ciudad llamada Brunnen. Lo hice por los dos enormes picos rocosos de color blanco que se erguían detrás del embarcadero y que se parecían a los picos Baekundae e Insubong de mi infancia.

Así era exactamente como se veía el monte Bukhansan desde Suyuri: a la izquierda el Baekundae y a la derecha el Insubong. El Baekundae era en realidad más alto, pero parecía más bajo porque estaba algo más alejado que el Insubong. Los picos de Brunnen me recordaron a aquellos por su disposición, por la altura, por los peñascos blancos y hasta por la frondosidad del bosque adyacente. Como no esperaba encontrarme con un paisaje que me resultaba tan familiar, creo que aquella visión me dejó muy impactado.

Al bajarme del barco, me llamó la atención un joven que almorzaba en la terraza de una cafetería, sentado en una silla de aluminio. Sus cabellos eran de color rubio claro, tenía el rostro delgado y vestía un holgado peto vaquero. Y aunque no se parecía en nada, me recordó a ti.

Me sonrió, así que le pregunté qué comía y si estaba bueno. Me dijo que era una tarta de queso suiza porque era viernes, y levantó el pulgar como asegurándome que estaba deliciosa. Entré a la cafetería, compré la misma tarta y me senté en la mesa de al lado.

—¿Qué tiene que ver la tarta de queso con que sea viernes? —le pregunté.

—Los viernes todo el mundo come tarta de queso en lugar de carne. Yo no es que sea muy religioso, pero, bueno... ya sabes, Jesús murió en viernes.

Después de ese intercambio, nuestra conversación siguió un derrotero más convencional: hablamos de dónde habíamos nacido, a qué nos dedicábamos, cómo era Brunnen y por dónde planeaba continuar mi viaje. Me enteré de que se llamaba Emmanuel, que era electricista pero que el oficio le aburría muchísimo, que soñaba con recorrer algún día Alemania y Austria, que sus padres se habían divorciado cuando tenía tres años y que había vivido diez años con su madre, pero que ahora vivía con su padre. Yo le conté que estaba en segundo curso de una carrera que era un «auténtico quebradero de cabeza» y que estudiaba en Constanza, cerca de la frontera con Suiza; que el lago de Constanza era tan hermoso como el de Lucerna, pero que en invierno resultaba muy deprimente y estaba siempre envuelto en niebla; y que a veces esa niebla no se despejaba hasta la noche y había que ir bien pegados a los edificios porque apenas podías ver. Él pareció decepcionarse un poco cuando le dije que no había estado nunca en Berlín.

No me interesaba conocer Brunnen porque era una localidad pequeña y corriente. Me bastó con contemplar el lago junto a Emmanuel, comer la tarta salada de queso al estilo suizo y mantener aquella conversación casual y ociosa. La luz del sol era deslumbrante, pero la brisa del embarcadero era algo fría.

Al cabo de una media hora llegó el barco que volvía a Lucerna y me despedí de Emmanuel con un apretón de manos. Solo nos dijimos nuestros nombres, no intercambiamos correos electrónicos ni nada parecido. Agité la mano mientras el barco se alejaba de Brunnen y él hizo lo mismo. La silla de aluminio en la que había estado sentado y el trozo de tarta de queso que me había dejado en el plato se fueron empequeñeciendo hasta resultar indistinguibles. Emmanuel, que no se parecía en nada a ti, se fue haciendo cada vez más borroso. Los peñascos blancos que tanto me recordaban a los picos Baekundae e Insubong se perdieron de vista cuando el barco se alejó del valle.

¿Por qué me asaltó entonces aquella especie de tristeza? ¿Por qué me acuerdo de forma tan vívida incluso hoy de aquella despedida lenta, de aquel silencio que parecía preñado de palabras imponderables? Como si aquella experiencia fuera una especie de respuesta a algo, una respuesta que me hubiera sido concedida como una gracia dolorosa, ahora me correspondía a mí encontrarle un sentido.

*

Resplandor.
Penumbra.
Sombra.

Me he pasado tres días mirando al techo sin ponerme las gafas, sintiendo los sutiles cambios en la intensidad de la luz que esas simples palabras no pueden expresar.

No lo puedo entender.
Tú eres el que ha muerto, pero siento que todo me abandona.

Tú eres el que ha muerto,

pero son mis recuerdos los que sangran, se manchan, se oxidan y resquebrajan.

*

—La manera en que abordas la filosofía es demasiado literaria —solías decirme de vez en cuando—. Tú lo que quieres es llegar a un estado de sublimación literaria a través del pensamiento.

Me acuerdo de que por las noches nos quedábamos discutiendo hasta muy tarde. Y también de que, cuando acabábamos de debatir y volvíamos nuestra atención hacia la pared vacía o las cortinas oscuras, nos recibía un silencio límpido que parecía haber estado esperándonos allí todo ese tiempo. En aquel entonces eras un contrincante invencible. Resolvías con facilidad cualquier cuestión que te plantease; en cambio, yo siempre me desorientaba con las preguntas que me hacías. «Estás equivocado», solías decirme. «Lo siento, pero lo que estás diciendo no es cierto». Y cuando una de nuestras largas discusiones estaba llegando a su fin, rematabas con un «Creo que te convendría más dedicarte a la literatura». Así de estricto eras como amigo, como un maestro de lo más exigente, aunque fuéramos de la misma edad.

Sospechaba que tu consejo era acertado, pero no podía aceptarlo. Yo no soportaba leer literatura. No quería depositar mi confianza en ese mundo tambaleante en el que las sensaciones y las imágenes, los sentimientos y los pensamientos, iban siempre entrelazados de la mano.

Sin embargo, al final siempre acababa cayendo en la fascinación de ese mundo. Por ejemplo, cuando el profesor

Borschatt nos explicaba el concepto de potencialidad de Aristóteles diciendo: «Ahora mis cabellos son negros, pero algún día se pondrán canosos. Ahora no está nevando, pero cuando llegue el invierno nevará al menos una vez». Bastaba con que esas bellas imágenes se superpusieran en mi cabeza para que me sintiera conmovido. Todavía recuerdo la breve visión que tuve de nuestros cabellos y los del profesor Borschatt volviéndose blancos como la escarcha, mientras los copos de nieve revoloteaban a nuestro alrededor.

Sentí esa misma fascinación al leer las obras tardías de Platón, cuando me quedé cautivado ante la pregunta de si el barro, los cabellos, las ondas de calor, las sombras reflejadas en el agua y los gestos fugaces tienen forma, o lo que es lo mismo, son ideas. Y todo porque la pregunta era sensorialmente hermosa y estimulaba las antenas de mi interior que reaccionan ante la belleza.

*

Me acuerdo del tema que nos ocupaba entonces, de las largas, inútiles y tristes conversaciones que manteníamos hasta la madrugada sobre las ideas de la oscuridad, la muerte y la extinción.

Tú afirmabas que todas las ideas son bellas, buenas y nobles. Lo decías con serenidad y tristeza, como tratando de persuadir pacientemente a un discípulo más joven.

—No puede ser de otra manera, ¿no crees? Al fin y al cabo, todas las ideas están necesariamente relacionadas con la idea de la bondad. Del mismo modo que las plazas de Seúl, Venecia, Frankfurt y Mainz existen todas ahora y al mismo tiempo.

Yo sacudía la cabeza y te preguntaba:

—Supongamos que existe la idea de la extinción… Sería una extinción limpia, buena y noble, ¿no te parece? Es decir, la idea de la nieve que se extingue, por ejemplo, sería una nieve que desaparece limpia, bella e impecable sin dejar rastro, ¿no crees?

—Escúchame bien —replicabas, negando con la cabeza—, la muerte y la extinción son lo opuesto a las ideas desde un principio. Una nieve que se derrite y se convierte en lodo no puede ser una idea.

Al oírte decir eso, este mundo efímero perdió todo su brillo. Sin embargo, ante mis ojos seguía desplegándose, como una oscura alucinación, un mundo donde la nieve revoloteaba eternamente sin derretirse nunca ni caer jamás al suelo.

—Escúchame bien —repetías en tono conciliador—, en la oscuridad no existen las ideas. Simplemente es oscuridad, una oscuridad de «menos cero». Para decirlo de forma rápida y sencilla, no existen las ideas en el mundo inferior a cero. Hace falta un mínimo de luz, por poca que sea. Sin ese mínimo de luz, no existen las ideas. ¿No lo ves? Tiene que existir un mínimo de belleza, de nobleza, de luz en «más que cero». ¡La idea de la muerte y la extinción! ¿Cómo se te ocurre? Es como si me hablaras de un triángulo redondo.

*

Esa misma madrugada, de repente, me hiciste la pregunta. Como siempre, sin ningún temor o reparo ante el dolor que pudiera causarme, me preguntaste cuánto influía en mi manera de pensar y sentir el hecho de que algún día fuese a quedarme ciego.

Me quedé mirándote sin decir nada. Con los ojos fijos en tus ojeras oscuras, tus mejillas hundidas, tus labios muertos y ennegrecidos.

¿Cómo debería haber respondido a tus odiosas palabras, a la pregunta cruel que me hiciste?

Hasta entonces nunca me había parado a pensar en ello. Llegué a Alemania siendo un adolescente, demasiado tarde para aprender a la perfección el alemán. Por mucho que me esforzase, las únicas asignaturas en las que podía sobresalir eran matemáticas y griego. No tenía nada de especial que un chico asiático fuera bueno en matemáticas, pero el griego era diferente, puesto que hasta mis compañeros que eran buenos en latín se desesperaban con el griego. Debido a la complejidad de su gramática y al hecho de que fuera una lengua muerta hacía miles de años, con el griego me sentía como en el interior de una habitación silenciosa y segura. Y cuanto más tiempo pasaba en esa habitación, más se me conocía como el chico asiático al que se le daba sorprendentemente bien el griego. Fue durante esa época cuando las obras de Platón empezaron a atraerme como un imán.

Pero ¿había sido realmente así? ¿No sería que me había sentido atraído hacia el mundo invertido de Platón por la razón que tú me planteaste? ¿Por la misma razón por la que me fascinó el budismo, que también descarta por completo la realidad sensorial? Es decir, ¿porque sabía que inevitablemente llegaría el día en que dejaría de ver y perdería el mundo sensible?

¿Por qué no me atreví a devolverte la pregunta esa madrugada? ¿Por qué no me armé de valor para hacerte la misma pregunta sin importarme que pudiera herirte? Si mi pérdida de visión influía en mí de aquella manera, ¿de qué modo influía tu precaria salud en tus pensamientos y acciones?

*

Quizá, más allá de cualquier pregunta o respuesta, más allá de cualquier cita o alusión o argumentación, lo que en verdad me habría gustado decirte durante el largo tiempo que compartimos sea lo siguiente:

Que cuando le devolvamos al mundo material la vida, lo más frágil, blando y triste que poseemos, no recibiremos ninguna compensación. Que cuando llegue ese día, no podré recordar todas las experiencias que habré acumulado hasta entonces en términos de belleza.

Que es en ese sentido de carencia como entiendo yo a Platón.

Que él también sabía que no existía la belleza,

que lo perfecto no existió ni existirá nunca, al menos en este mundo.

*

A veces las imágenes con las que soñé en aquel entonces se me vienen muy nítidas a la mente:

Los copos de nieve a finales de otoño derritiéndose apenas tocan el suelo. La bruma de calor levantándose turbadora a principios de primavera.

Su presencia vaga y silenciosa.Esquirlas de ese dios en quien no he creído nunca.

Las ideas que no nacen ni si extinguen.

Esas que existen detrás de todos los seres como sombras claras en el agua,
como una deslumbrante guirnalda de flores que envuelve al mundo,
el *Avatamsaka Sutra* al que me aferré con todas mis fuerzas a los quince años.

Tumbado en la cama sin las gafas, con la vista clavada en el borroso vacío blanco por encima de mí, pienso en ese mundo.
Me quedo mirándolo con los ojos bien abiertos.

*

Pero lo que te cautivaba en aquel entonces era algo totalmente diferente:
La existencia física y el tiempo.
El universo surgido de una explosión ardiente a partir de la nada. El embrión del tiempo suspendido en la eternidad antes de desplegarse.
Sí, el tiempo.«Un fuego que me consume», lo llamó Borges.
Tú querías tocar ese acertijo con las manos, esa flecha que vuela eternamente tras ser lanzada, la vida en llamas que lucha contra la extinción.
Al final no soportaste más la universidad y la dejaste.

Nos juraste a mí y a tu agotada madre que no volverías
a estudiar.

Recuerdo a esos amigos tuyos con piercings en la nariz,
los labios y la lengua.

Y en especial a uno que tenía unos ojos muy tristes.

Recuerdo la música que hacían; una música que, cuanto
más fuerte sonaba, más desgarraba el corazón.

Me dijiste que nadie era capaz de comprenderte
    a menos que hubiera crecido oliendo el benceno de los
hospitales como tú,
    que la belleza tenía que ser ímpetu, pura energía vital,
    que la vida no podía ser algo que debías soportar,
    que era un pecado soñar con un mundo diferente a este.
    Para ti la belleza era una calle bulliciosa,
    la estación del tranvía refulgiendo bajo el ardiente sol,
    un corazón que late con fuerza,
    los pulmones henchidos de aire,
    unos labios todavía tibios,
    el frotar con pasión esos labios contra otros labios.

*

    ¿Has perdido todo ese fuego?
    ¿De verdad estás muerto?
    Esa expresión pensativa,
    esos surcos profundos en las comisuras de tu boca,
    esos ojos envueltos en sonrisas,
    esa manera de encoger los hombros cuando no querías
dar una respuesta obvia.

La primera vez que me abrazaste, cuando sentí el deseo anhelante e imposible de esconder que había en ese gesto, tomé conciencia de algo con una claridad escalofriante:

Tomé conciencia de que el cuerpo humano es triste, de que está lleno de zonas cóncavas, suaves y vulnerables, como brazos, axilas, pecho y entrepierna; de que es un cuerpo nacido para abrazar y desear el abrazo de alguien.

Debería haberlo hecho, debería haberte estrechado con todas mis fuerzas al menos una vez.

Seguro que eso no me habría dañado. Lo habría sobrellevado, habría sobrevivido a ello.

*

Pronto llegará el día en que no podré distinguir mi reflejo en el espejo de todo lo demás.

Todos los rostros que recuerdo se quedarán congelados en mi memoria.

Cuando llegue ese momento, seguro que me habrías aconsejado sin ningún miramiento, encogiéndote de hombros y frunciendo exageradamente la nariz:

«¿Qué tiene de malo? Aprende braille y ya está. Escribe poemas haciéndole agujeritos a un papel. Aprende a convivir con un magnífico perro labrador».

Si no hubieras muerto, ¿te habría tocado la cara cuando volviera a Alemania y me encontrara contigo? ¿Habría leído con mis manos las arrugas de tu frente y de tus párpados, el puente de tu nariz, los surcos de tus mejillas y de tu mentón?

No, no habría podido.

Porque tu deseo creció a medida que pasaba el tiempo,

porque yo me resistí a ese deseo,

porque destruiste con tus propias manos lo que había entre nosotros,

porque hui a toda prisa dejándote una herida profunda,

porque te eché la culpa de todo,

porque no pude dormir de lo mucho que te eché de menos,

porque te añoré con locura deseando que tú no fueras tú.

*

¿Está muerto ahora tu cuerpo triste?

¿Me recordó tu cuerpo de vez en cuando?

En este instante, mi cuerpo sí recuerda el tuyo.

Recuerda aquel corto y doloroso abrazo,

tus manos temblorosas y tus mejillas tibias,

tus ojos anegados en lágrimas.

15

Ella se inclina hacia delante.

Aprieta con fuerza el lápiz.

Agacha más la cabeza.

Las palabras no se dejan asir. Las palabras que han perdido los labios,

que han perdido los dientes y la lengua,

que han perdido la garganta y el aliento, no se dejan asir.

Como si fueran fantasmas incorpóreos, ella no puede tocar sus formas.

16

ἐπὶ χιόνι ἀνὴρ κατήριπε.
χιὼν ἐπὶ τῇ δειρῇ.
ῥύπος ἐπὶ τῷ βλεφάρῳ.
οὐ ἔστι ὁρᾶν.

αὐτῷ ἀνήρ ἐπέστη.
οὐ ἔστι ἀκούειν.

Alguien está tendido boca abajo en la nieve.
En su garganta, nieve.
En sus párpados, tierra.
No puede ver nada.

Alguien está de pie a su lado.
No se oye nada.

17

OSCURIDAD

Acaba de entrar un pájaro al edificio, un herrerillo más pequeño que el puño de un niño. Sin poder encontrar la salida, se da de cabezazos contra las paredes y contra la barandilla de la escalera que lleva al piso de arriba, gorjeando lastimosamente.

Ella acaba de traspasar la entrada de la academia y se para en silencio. Al ver que el ave vuelve a golpearse contra la pared de cemento, se gira y deja abierta la otra hoja de la puerta de cristal.

«Tienes que salir», dice ella desde algún lugar más profundo que la lengua y la garganta.

Para guiarlo hacia el exterior, da suaves golpecitos en la pared con su bolso. El herrerillo lo interpreta como una amenaza, pues vuela hacia la oscuridad de las escaleras que conducen al sótano y se oculta debajo de la barandilla.

«No te escondas ahí. Tienes que salir».

Ella retrocede un par de pasos y el pájaro se pone a piar débilmente, como si hubiera bajado la guardia. Al volver a acercarse un poco, el piar se interrumpe. Ella mira afuera a través de la puerta abierta de par en par. Las ramas blanquecinas de los árboles están sumidas en el fulgor del anochecer estival. Un taxi con las luces antiniebla encendidas se detiene ante las puertas de cristal de la academia.

Del taxi se baja un hombre vestido con camisa blanca lisa y pantalones de algodón de color gris oscuro. Para no tropezarse con el escalón del umbral, enciende una linterna apenas desciende del coche. Al entrar en el edificio iluminado, apaga la linterna, se acomoda la pesada cartera llena de libros al hombro y se acerca a ella. Dudando un poco, le pregunta en voz baja:

—¿Qué hay ahí?

Él se inclina hacia el ser vivo de color oscuro que ella está observando, bajo la barandilla. El ave se mueve un poco en la oscuridad. Él enciende la linterna y lo ilumina. ¿Será un ratón? ¿Un gatito? No puede distinguir lo que es.

Oye la respiración tensa de ella. Es la primera vez que la escucha emitir un sonido. Tiene el pelo recogido en una coleta y los mechones a los lados de la cara se mueven al ritmo de su respiración. Siente el deseo de mirarla bien. No hay suficiente luz y tendría que iluminarle la cara con la linterna para verle la expresión.

Se pregunta si debería hablarle de nuevo con el lenguaje de signos, pero ella se aleja. Se alejan la blusa de manga corta y los pantalones negros; la cara, el cuello y los brazos blanquecinos. Sus tacones bajos resuenan en la escalera como marcando los signos de puntuación de una oración. Él se queda escuchando atentamente esos sonidos que no se interrumpen hasta el pasillo del segundo piso, reflexionando sobre los complejos sentimientos que le despiertan esos tacones que se alejan interminables, y se pregunta cuándo fue la última vez que sintió algo parecido.

Él se dispone a seguirla, pero entonces oye el piar y se detiene. Al inclinarse sobre la barandilla, ve que la criatura negra que estaba agazapada e inerte empieza a subir a saltitos, dos, tres escalones, desde el sótano. Enciende la linterna y la criatura vuelve a encogerse y se queda quieta. Solo entonces se da cuenta de que se trata de un pájaro.

—Sal. No puedes quedarte ahí.

Su voz reverbera en el oscuro corredor. Gira la cabeza y mira hacia los árboles al otro lado de la puerta de entrada. Anochece con rapidez y las siluetas de los troncos y ramas se ven casi negras.

Dudando un poco, abre su cartera y saca un grueso cuaderno. Lo enrolla y lo sostiene en una mano, mientras baja con cuidado iluminando la escalera con la linterna. Su intención es no bajar más de tres escalones. Al inclinarse para golpear el suelo con el cuaderno enrollado, el herrerillo echa a volar gorjeando enloquecido. Queriendo evitar al pájaro que se le abalanza encima, pierde pie y se le cae la linterna. El pájaro se golpea contra la pared y la barandilla de la escalera y vuela de nuevo hacia él, provocando que se le resbalen las gafas de la nariz y caigan al suelo. Asustado por los aleteos cerca de su oreja, se tapa la cara y se tambalea. Pisotea sin querer los lentes, que se rompen y acaban rodando unos escalones más abajo. Batiendo las alas con desesperación, el pájaro se lanza en dirección a las puertas de cristal.

Vuelve a golpearse contra la pared de cemento, contra los buzones metálicos.

Él permanece sentado en las tinieblas de la escalera. Ve todo negro y deformado. Con las manos temblorosas, palpa la superficie del escalón buscando las gafas. La linterna se encuentra abajo, a una profundidad insondable, emitiendo un halo difuso de luz.

—¿Hay alguien? —llama con la voz ronca—. ¿Hay alguien ahí?

Acerca el reloj a sus ojos para mirar las agujas fosforescentes, pero no distingue la hora. Deben de ser las ocho y cuarto más o menos. Es jueves de la última semana de julio, la víspera del día en que casi todo el mundo empieza las vacaciones de verano. Las clases del viernes se habían cancelado y la secretaria le había dicho que dejaría abierta el aula de griego antes de salir un poco antes para marcharse a su pueblo. El hombre de mediana edad había avisado de que faltaría a clase, así que en el aula del segundo piso solo estarían la mujer, el estudiante de posgrado y el estudiante de filosofía. Ella no podría prestarle ninguna ayuda y los otros dos eran capaces de quedarse charlando más de media hora antes de echar en falta al profesor.

Tantea las escaleras con ambas manos. Cuando termina de buscar en un escalón, baja al siguiente sin levantarse, sentado. Por suerte, encuentra su cartera no muy lejos. Abre el cierre delantero y rebusca en su interior, y entonces cae en la cuenta de que se ha dejado el móvil en casa. Esa tarde le habían devuelto la carta que envió hacía un mes a Alemania, y, después de dejarla en el escritorio, se había quedado pensativo un buen rato. Al darse cuenta de que se le estaba haciendo tarde, se afeitó con prisas y se olvidó de coger el móvil antes de salir de casa.

Después de ponerse la cartera en bandolera, vuelve a tantear las escaleras. Solo encuentra polvo, pelusas y trozos de algo duro que no acierta a saber qué es. Cada vez que toca esos fragmentos de bordes filosos, los palpa con cuidado, pero no está seguro de si son los cristales rotos de sus gafas.

Apoyándose en sus manos y en el trasero, sigue bajando hacia la luz difusa como si proviniera del fondo del mar. Tiene que coger esa linterna como sea. Al barrer el siguiente escalón con la mano, se le escapa un quejido. Ha encontrado sus gafas, pero están destrozadas. Se muerde el labio inferior al sentir la sangre lacerante y tibia que corre por su mano derecha. Palpando con la mano sana, percibe que se ha torcido la montura y que los dos cristales están rotos.

¿Cuánto tiempo habrá pasado?

No oye ruido alguno.

Hasta el pájaro está silencioso, como si hubiera escapado finalmente por las puertas o hubiera muerto por los golpes en la cabeza.

Es tan grande el silencio que hasta podría oír las voces retumbantes de los dos estudiantes varones si estuvieran hablando. Pero si por casualidad ninguno de los dos hubiera venido hoy, en el aula del segundo piso solamente estaría ella.

La imagina sentada en silencio en el aula vacía y cierra con fuerza los ojos. Desaparece la lejana luz y la reemplaza una oscuridad ondulante, casi la misma que percibe cuando tiene los ojos abiertos.

No puedo pedirle ayuda a ella, piensa, no puede oírme.

Abre de nuevo los ojos y vuelve a palpar los escalones con la mano izquierda para bajar hacia la luz difusa. Entonces oye los tacones que resuenan en el pasillo del piso superior. Tratando de no tocar los fragmentos de los lentes rotos, empieza a subir apoyándose en las manos y las rodillas. No hay duda alguna. ¡Son los tacones de la mujer! Golpea la barandilla de hierro con el puño y también le pega varias veces con su pesada cartera. Aunque ella no pueda oír, quizá pueda sentir las vibraciones.

—¡Auxilio! —grita, aunque sabe que no servirá de nada.

Por fin, los tacones bajan por la escalera que conduce al sótano.

Él no puede distinguir la masa oscura que se mueve en medio de la oscuridad circundante. Lo único que percibe es que los pasos se han detenido cerca, que se oye vagamente una respiración, que alguien se aproxima. Abre mucho los ojos y, dirigiéndose hacia donde suenan los ruidos, dice:

—¿Puede oírme? ¿Hay alguien más arriba? Se me han roto las gafas y tengo muy mal la vista… ¿Podría llamar a alguien? Necesito un taxi para ir a una óptica antes de que cierren… ¿Puede oírme?

Siente en la nariz un suave aroma a jabón de manzana. Dos manos frías y ágiles lo cogen por debajo de las axilas. Él se incorpora dejándose levantar por esas manos y trata de afirmarse sobre sus pies. Apoyándose en esa persona, sube uno a uno los escalones. Cada vez que se tambalea, los brazos que lo sujetan le ayudan a mantener el equilibrio.

Nota que cambia la intensidad de la oscuridad. Percibe

que ha llegado a la parte superior de las escaleras y que está en el vestíbulo iluminado. Ve siluetas blanquecinas y negruzcas. También los buzones grises, las paredes blancas y la absoluta oscuridad que reina más allá de las puertas.

Ella lo rodea por la cintura con un brazo, y con la otra mano lo sujeta por la muñeca. Siente una brisa húmeda en la cara. Están ante las puertas de cristal abiertas de par en par. Percibe vagamente la cara de ella, sus brazos blanquecinos. Se frota contra la camisa la sangre de la mano lastimada y se le caen las gafas retorcidas y rotas que había recogido. ¿Esas manchas rojas que caen al suelo son su propia sangre? Se agacha para coger las gafas, pero no las encuentra. Humedeciéndose los labios resecos con la punta de la lengua, le dice a ella:

—Dentro de la cartera está mi billetera. Hay dinero suficiente para tomar un taxi. Tiene que haber una alguna óptica abierta en el centro. Necesito unas gafas nuevas.

18

Cada vez que hay un desnivel en la acera, la mujer le tira del brazo para advertirle, sintiendo su inseguridad a cada paso que da. Han dejado atrás la callejuela oscura y, al llegar al paso de cebra de la calle de dos carriles, ella mira en todas direcciones.

Tiene que encontrar una farmacia. Hay una enfrente, pero tiene las persianas bajadas. Es una calle con poco tráfico y apenas se ven taxis, y el autobús local no pasa a menudo porque ya no es la hora punta en que la gente entra o sale del trabajo. Como suele hacer cuando su hijo se pone enfermo de repente, sopesa con calma y rapidez lo que debe hacer en primer lugar. La herida de la mano derecha, además de profunda, estaba sucia de tierra y polvo. Le había atado un pañuelo que llevaba encima para contener la hemorragia, pero se había empapado enseguida. Y no se atreve a limpiarle la herida por temor a que tenga incrustados cristales minúsculos.

Ella gira la cabeza para mirarle. Luego mira hacia la oscuridad del asfalto donde él ha posado su mirada vacilante. Parece otra persona sin las gafas. Sus ojos se ven más grandes y se esfuerzan por esconder el miedo y el desconcierto.

Ella le toma la mano izquierda sana. Inspira profundamente y, con la punta de su índice tembloroso, escribe despacio sobre su palma:

Vamos
primero
a un médico.

19

DIÁLOGO EN LA OSCURIDAD

—¿Puede encender la lámpara del escritorio? Es mejor esa luz que la de los fluorescentes del techo. Cuando la luz es muy brillante veo menos.

Ella se quita los zapatos y entra en la casa. Se trata de un estudio decorado con sobriedad. Junto al escritorio de madera nudosa de cedro y la estantería de tres baldas, se ve una cama metálica individual cubierta con una colcha azul. En la repisa que hay sobre el fregadero, se apilan bocabajo tazas, cuencos y platos pequeños. Al lado hay una nevera también pequeña, adecuada para personas que viven solas.

Se acerca al escritorio, donde hay cinco o seis libros abiertos unos sobre otros, y enciende la lámpara de pantalla marrón que está al lado de una lupa. Mientras vuelve hacia la entrada, él tantea la pared y baja el interruptor de la luz fluorescente que ella había encendido, y luego sube el interruptor de debajo para encender la bombilla amarilla de la lámpara que cuelga sobre la mesa de la cocina.

—Ya no es necesario que me sostenga. Ah, veo que ha dejado aquí mi cartera. Gracias, solo necesito saber dónde está. Aquí ya no hay peligro de que me golpee o me tropiece.

Ella había cogido la cartera para cambiarla de lugar pero la deja donde está, junto al mueble zapatero. Tiene húmeda la blusa negra debido al calor sofocante que ni siquiera remite de noche, y su cabello, que se le ha soltado y le cae desmadejado sobre los hombros, se ve mojado de sudor. Él también tiene empapada la camisa blanca, las manchas de sangre de la pechera se han ennegrecido y su mano vendada cuelga inerte. Los brazos y las caras de ambos lucen lustrosas por la transpiración.

—¿Quiere sentarse en ese banco, debajo de la ventana? Es el sitio más fresco de la casa. A veces incluso duermo ahí cuando hace mucho calor.

Ella se aproxima al banco de madera, que es lo suficientemente largo como para poder tumbarse acurrucada, pero, en lugar de sentarse, coloca allí su bolso. Se queda viendo cómo él se acerca hacia la cama sin tropezarse y luego se sienta en el borde. Hace un rato, en el taxi, él le ha indicado el camino al conductor con la misma naturalidad: «Después de la intersección, doble por la primera calle a la izquierda. Es el edificio que está justo después de la tienda Buy the Way». Cuando el taxi se detuvo, él le preguntó a ella en voz baja si habían parado después del Buy the Way. A modo de respuesta afirmativa, ella le presionó brevemente el brazo.

—Lo siento, no tengo ventilador. Es que no quiero llenar la casa de objetos...

Ahora que están situados a cierta distancia, él no sabe qué más decir y se le ve algo incómodo ahí sentado en la cama.

—¿Quiere un vaso de agua? —pregunta de pronto, levantando el brazo sin vendar para señalar la nevera de la cocina–. Tengo algunas botellas de agua mineral. No, no, no se mueva, ya voy yo. Aunque no se la podré servir en un vaso, por la mano lastimada...

Él se levanta y se dirige hacia la nevera. Abre la puerta con la mano izquierda, tantea en el compartimiento más alto y saca dos botellas de agua mineral, que se coloca bajo el brazo derecho. Ella hace ademán de ir a ayudarlo.

—No, no se moleste. Puedo yo solo.

Él se acerca con paso cuidadoso a ella y le tiende una de las botellas de agua.

—Si tuviera las gafas, podría prepararle un café con hielo. Tengo una hermana más joven que yo a la que nunca le parece bien nada de lo que hago, pero le gusta el café con hielo que preparo. Ahora vive en Alemania. Canta en un coro no muy grande y tiene una larga carrera como soprano.

Con su botella de agua mineral en la mano, se sienta de nuevo en la cama. Ella se sienta por fin en una silla y mira el suelo de linóleo con dibujo de madera y las sombras de los muebles. Cuando levanta la mirada hacia el techo empapelado en color crema, descubre con sorpresa que las sombras de ambos se proyectan enormes.

De pronto percibe los chirridos de los insectos al otro lado de la ventana. Son parecidos a los que oye en esa calle contigua a la autopista que la lleva a su casa, salvo que aquí no llega el ensordecedor ruido que hacen los coches, como miles de afiladas cuchillas de patines rasgando el hielo.

*

—Me resulta un tanto extraño. Antes, cuando estábamos en el hospital, no me importaba hablar yo solo... Seguramente porque usted me escribía las respuestas en la palma de la mano. —Extiende la mano izquierda en el aire y luego la deja caer sobre la rodilla. Trata de enfocar la vista en un punto impreciso, arrugando mucho el entrecejo, y sigue diciendo—: En la sala de urgencias se oían demasiadas cosas al mismo tiempo: una mujer mayor que por lo visto había sufrido una quemadura, un crío de dos o tres años que lloraba a moco tendido, otra mujer un poco más lejos que no paraba de lanzar alaridos. Ah, y también escuché a un médico que la regañaba diciendo: «¿Y a ti quién te mandó hacer eso?».

Ella recuerda a las personas que ha visto en la sala de urgencias del hospital. La anciana de pelo blanco que se había quemado por culpa de un aparato para aplicar calor en las rodillas que le había explotado encima. El niño pequeño que lloraba a rabiar porque se había cortado el dedo índice. Cuando la enfermera vio el trocito de dedo que la joven madre traía envuelto en una gasa, le dijo: «Le daré una bolsa de hielo para meterlo, pero tendrá que ir a un hospital más grande porque aquí no tenemos cirujanos especializados en reimplantes». Con el niño agotado de tanto llorar aferrado a su espalda, la madre, sin darse cuenta de las lágrimas que le corrían por las mejillas, asintió enérgicamente: «Sí, sí, dese prisa, por favor». Mientras se desarrollaba este diálogo apremiante, le estaban haciendo un lavado de estómago a una mujer de mediana edad en una sala cerca de la entrada. La mujer daba voces, pero debido al tubo que le habían metido en la garganta era imposible entender lo que decía. El médico, bastante joven, la regañaba con aspereza y tratándola de forma despectiva: «¿Y a ti quién te mandó hacer eso?».

*

—Nunca me imaginé que le debería este favor tan grande...

Ella abre la botella y toma un sorbo de agua. Escucha los chirridos de los insectos que entran sin interrupción por la ventana.

—No sé cómo agradecérselo... —Como si le costara hablar solo, hace frecuentes pausas–. En la academia no están al tanto de que tengo tan mal la vista. Me lo callé porque no creí que fuese necesario contárselo a nadie. Lo que quiero decir...

Se interrumpe de nuevo. Ella mira el poste telegráfico que se alza en la oscuridad al otro lado de la ventana. Los cables negros enredados guardan silencio, escondiendo la electricidad de alto voltaje que transportan. Él quiere decirle que no le hable a nadie sobre lo ocurrido, pero enseguida cae en la cuenta de que no tiene ningún sentido pedirle ese favor a ella.

—Hasta ahora, gracias a las gafas, no he tenido grandes dificultades... Pero el problema va a ser de ahora en adelante...

Ella percibe que sus pausas y los ruidos de los insectos se entrelazan en un curioso desfase rítmico. Los penetrantes chirridos, como cuerdas de notas altas rasgadas con poca pericia, empiezan cuando calla la voz. Se intercala de nuevo el silencio, y esta vez suenan primero los chirridos, como rasgueos de un instrumento tradicional de cuerdas.

*

—Cuando supe que un día perdería la vista, le pregunté a mi madre si todo se volvería completamente oscuro...

En realidad debería haberle hecho esa pregunta a mi padre, ya que tanto él como mi abuelo y mi bisabuelo paternos tuvieron problemas de vista. Pero mi padre no era una persona amable; en cambio, mi madre respondía a todas mis preguntas con mucho celo, a veces incluso excesivo…

Ella contiene la respiración y exhala el aire con lentitud, pues acaba de acordarse de la cara de su madre antes de morir. Durante aquellas trece horas finales su respiración había sido muy lenta, con los ojos y la boca entreabiertos. Su hermano mayor y su mujer, que vivían en Argentina desde hacía más de diez años, habían tomado un avión que hacía escala en Los Ángeles y en esos momentos estaban cruzando el Pacífico. Durante todo ese tiempo ella le estuvo hablando, susurrando al oído de su madre, pues los doctores le habían dicho que aunque pareciese inconsciente aún podía oír.

No había muchas cosas de las que hablarle. Una tarde de verano de su infancia en la que toda la familia jugó a mojarse con agua. Fue en el patio de cemento de la vieja casa tradicional. El chorro de agua transparente que salía de la manguera, su padre y su hermano llenando la palangana con movimientos rápidos. Empapada de pies a cabeza, la niña de seis años que era ella escapaba dando saltos y gritos. Su madre se reía a carcajadas con aire travieso, como si de pronto fuera veinte años más joven, mientras les lanzaba agua a su marido y a sus hijos con un cazo.

Al tiempo que le humedecía los labios oscuros, ella no paró de susurrarle al oído mientras tomaba sorbos de agua mineral para humedecerse los propios. Cuando le parecía que no podía seguir más, le hablaba todavía más rápido. Cuando por fin se calló, ocurrió aquello. Algo parecido a un pájaro se escapó de su cuerpo y su madre dejó de ser su madre. «¿Dónde te has ido, mamá?», pronunció ella para sus adentros, sin atinar siquiera a cerrarle los ojos.

—Entonces mi madre me explicó que no sería así... Me dijo que percibiría la claridad y también la oscuridad, pero que lo veía todo muy borroso. Podía figurarme más o menos cómo sería, pues cuando cerraba el ojo derecho veía como nublado con el izquierdo, que fue el primero en empeorar. Al oír aquello, mi hermana, que era muy pequeña entonces, corrió a la cocina y trajo una bolsa de plástico traslúcida para ponérsela ante los ojos. «Oh, esto es el sofá y eso es la estantería. Esto es blanco y eso de ahí naranja. ¡Mira, puedo andar deprisa sin tropezarme!», exclamaba, pero mi madre le quitó la bolsa de la mano y la fulminó con la mirada.

Él se lleva la botella de agua a la boca y bebe con fruición. Ella observa la expresión de tierna indulgencia que refleja su cara. Se ve que lo pone feliz el recordar a su familia. Su rostro, normalmente oscuro y duro, se ha suavizado y hasta parece iluminarse un poco.

—Mi madre era una persona que infundía miedo. No permitía que nadie se burlase de mi vista, pero mi hermana hizo aquello porque se alegró de verdad de que yo no fuera a quedarme totalmente ciego. Pensó que el futuro cercano de su padre y el futuro lejano de su hermano mayor no serían tan terribles como pensaba. Pero mi madre era una persona demasiado seria para comprender aquello.

Ella lo escucha con atención, sin hacer el menor ruido. Y no tarda en advertir que hay algo, algo parecido a un pájaro, que vive en la expresión de su cara; y esa sensación de calidez despierta en ella un dolor inmediato.

*

—¿Me está escuchando…? —pregunta él de repente con nerviosismo, extendiendo la mano para dejar la botella de agua mineral medio vacía encima del escritorio junto a la cama—. ¿No tiene que irse? Me imagino que su familia estará preocupada.

El rostro de ella se ensombrece, pues se ha acordado de un día en que jugó al escondite con sus primos cuando era pequeña. Fue en casa de su tío, el hermano menor de su padre, en aquel pueblecito lleno de gente con el mismo apellido familiar. Le taparon los ojos con un pañuelo y los primos se escondieron. Cuando extendía las manos en dirección a los ruidos casi imperceptibles, oía risas contenidas. Avanzó a tientas durante un buen rato, pero de pronto sintió miedo y se paró. Se quitó el pañuelo de los ojos y recorrió las habitaciones vacías de la casa. Todos habían salido dejándola sola.

—¿Está ahí? ¿Me escucha?

El rostro de él también se ha ensombrecido. El cálido pajarillo se ha agazapado para esconderse. Tras un momento de vacilación, ella mueve con suavidad los pies y las rodillas para hacer ruido y deja su botella de agua sobre la silla.

*

Antes de seguir hablando, él titubea un poco. Mira fijamente hacia donde se encuentra ella, aunque no puede verla.

—Cuando dejé a mi madre y a mi hermana en Alemania para volver a Seúl, compré solamente un billete de ida. Me plantée reservar un pasaje con la fecha de vuelta abierta, pero por alguna razón preferí no hacerlo…

Se humedece ligeramente los labios con la lengua. Deja grandes espacios entre frase y frase; del mismo modo en que, cuando uno escribe a oscuras, deja mucho espacio entre línea y línea para que no se superpongan las oraciones.

—El avión voló sin descanso hacia el este… impulsado por los vientos del oeste. Cada vez que miraba por la ventanilla, tenía la sensación de que íbamos montados sobre una gran flecha. Una flecha que no se dirigía hacia ningún blanco, sino más bien a lo que quedaba fuera de él.

Ella vuelve a mover con lentitud y suavidad los pies para hacer ruido.

—La mitad de los pasajeros eran alemanes y la otra mitad coreanos. Entonces una azafata coreana, la única que había, me preguntó en nuestro idioma qué quería beber. Y me eché a reír, pues me di cuenta de que en ese avión ya no llamaba la atención.

Él bebe un trago de la botella y se humedece los labios.

—Cuando empezamos nuestra nueva vida en Frankfurt, mi madre siempre estaba nerviosa y preocupada. Repetía obsesivamente que no debíamos cometer errores porque éramos extranjeros, y para colmo asiáticos, que llamaban más la atención. Cuando salíamos los fines de semana, se ponía a discutir con mi padre por tonterías: «¿Cómo se te ocurre poner en marcha el coche y dirigirte sin más hacia la salida? ¿Y si no hay allí una taquilla para pagar? Había una en el segundo piso, ¿no? ¿Qué importa que esté lejos? Vayamos y paguemos primero antes de salir del parking… Escúchame bien, somos extranjeros y pueden pensar que queremos irnos sin pagar. En fin, que puede que no haya una taquilla en la salida… No, sí que importa. ¿Para qué correr el riesgo?».

Aflora una sonrisa amarga en su boca mientras habla.

—Mi padre le decía con sequedad que no pasaba nada, que no se preocupara. A nosotros también nos parecían excesivas las inquietudes de mi madre, aunque con el paso del tiempo tuvimos que darle la razón. De vez en cuando se producían situaciones injustas y discriminatorias. Mi hermana y yo lo vivimos en la escuela; y mi padre en el trato que recibía por parte de las empresas y organismos públicos alemanes. Todavía recuerdo algunas miradas que traslucían un odio y un desprecio glaciales, miradas que nacían de actitudes racistas...

Cada vez que sus pausas se alargan, ella se mueve un poco para dar muestras de su presencia: desliza la mano por el brazo de la silla de madera o se arregla un mechón de pelo. Luego vuelve a quedarse quieta.

—Mi madre estaba siempre agotada. Después de mudarnos a Mainz, cuando mi padre ya no podía mantener a la familia, tuvo que encargarse ella. Abrió una tienda de productos asiáticos y ya nunca más la vimos reírse en casa. No hacía más que quejarse: «No entiendo por qué en este maldito país hay que sonreírle incluso a la gente que no conoces. Ya estoy harta de sonreír. Dejadme vivir como me da la gana. Y por eso prefiero no sonreír, al menos cuando estoy casa. Pero no penséis mal, chicos, no es que esté enfadada con vosotros».

Cada vez que ella se mueve un poco, se amplifica el movimiento de su sombra reflejada en el techo. El más mínimo temblor de su cabeza o de su mano se traduce en una agitación de su sombra, como si bailara.

—Cuando era adolescente también tuve problemas con eso de tener que sonreír constantemente. Me costaba mucho actuar como un chico alegre y seguro, estar siempre listo para reír y saludar a la gente. Me resultaba agotador, por eso a veces me bajaba la visera de la gorra, metía las manos en los bolsillos y ponía la cara más inexpresiva que podía, aun a riesgo de pasar por el estereotipo de gamberro asiático experto en artes marciales.

De pronto, las sombras agigantadas de ambos sobre el techo dejan de moverse. Permanecen apartadas, silenciosas, defendiendo con firmeza sus bordes negros.

–Finalmente llegamos al aeropuerto de Incheon. Bajé del avión esbozando aquella sonrisa que se me había quedado estampada en la cara a fuerza de años, a tal punto que ya era parte de mí. Cada vez que me rozaba con alguien quería pedirle disculpas en alemán; cada vez que cruzaba la mirada con otra persona quería sonreírle. Cuando salí al vestíbulo y tuve que abrirme paso a empujones entre la multitud de coreanos que habían venido al aeropuerto a recibir a sus familiares y amigos, supe que ya no llamaba la atención de nadie, que había regresado sano y salvo a la cultura donde no era necesario saludar ni sonreírle a un desconocido. Y en aquel momento no podía entender por qué eso me causaba una sensación de soledad tan dolorosa y abrumadora.

*

Los chirridos que entran por la ventana se clavan como agujas en el silencio tenso como tela de bastidor, llenándolo de incontables agujeros.

Las sombras siguen sin moverse lo más mínimo. A ella no se la oye siquiera respirar. El rostro de él se ve pálido, como congelado.

*

—Ahora me estoy acordando de nuestro primer invierno en Alemania, cuando los tres, sin mi padre, viajamos en tren a Italia…

Su monólogo ha cambiado ligeramente. Como escrito con prisas en la oscuridad, las líneas, la tinta y hasta los recuerdos se superponen unos sobre otros.

—No recuerdo gran cosa de aquel viaje, ni las obras de arte, ni las iglesias, ni la comida. De lo único que me acuerdo es de las catacumbas…

*

—Era una auténtica ciudad de los muertos. Al final de cada pasadizo, los túneles se abrían en tres direcciones distintas. No me extrañó cuando la guía nos contó que algunos visitantes se habían perdido y muerto de hambre en aquel laberinto. Señalando los nichos grandes y pequeños excavados en las paredes de roca, la guía nos preguntó: «¿Por qué creen que no hay restos de huesos en ellos?». Mi hermana respondió en voz alta: «Supongo que estarán en los museos». La guía dijo que esa no era la razón. Otro turista preguntó si los habían robado, pero la guía volvió a negar con la cabeza. «Siguen todos aquí», explicó casi con orgullo. «Si se analizara la tierra de esos nichos, se encontraría gran cantidad de calcio y fósforo. Cuando pasan miles de años, los huesos humanos se desintegran y se convierten en tierra».

Ella vuelve la cabeza hacia la ventana. Allí fuera siguen los cables de electricidad, como una madeja enredada, tranquilamente inmersos en la quietud mientras envían voces, imágenes e innumerables caracteres parpadeantes a través de la corriente de alta tensión.

—Me entraron ganas de vomitar. Tuve miedo de la tierra que había allí, no quería mancharme con ella. Pero no podía escapar de aquel lugar. Todo estaba demasiado oscuro y los pasillos se trifurcaban infinitamente en túneles todos iguales.

«Me entraron ganas de vomitar», murmura ella desde un lugar más profundo que la lengua y la garganta.

Unos meses atrás, se había pasado varios días vomitando a intervalos de una o dos horas. Fue justo después de perder la custodia de su hijo. Cuando el niño vino a su casa a la semana siguiente, le hizo como pudo una tortilla para cenar y ella solo comió repollo hervido. Se lo tomó cocido al vapor y licuado, porque su estómago no toleraba otra cosa.

«Mamá, te vas a convertir en un conejo. Te vas a poner verde», le dijo el pequeño y ella se rio, antes de entrar en el cuarto de baño para vomitar. Después de enjuagarse con agua para quitarse el sabor ácido de la boca, salió del lavabo y le preguntó en broma al niño: «¿Y por qué no se ponen verdes los conejos si solo comen hierba?». «Porque los conejos también comen zanahorias», le respondió el pequeño, y ella volvió a reírse, conteniendo las arcadas.

*

—Llevo tanto rato hablando solo que no sé por qué me he acordado de aquello. Éramos un montón de cuerpos aún calientes reunidos en aquel gigantesco cementerio, donde los huesos de miles de cadáveres se habían convertido en polvo…

La tinta se superpone a la tinta, los recuerdos a los recuerdos, la sangre a la sangre. La calma aplastando a la calma, las sonrisas a las sonrisas.

*

—Estoy muy cansado —dice él de repente. Guarda silencio un rato—. Si me quedara dormido ahora, creo que no me despertaría en varios días.

*

Con los dientes apretados, él parece palparse algo con las manos. Hurga una y otra vez en el mismo sitio, del mismo modo que hace ella cuando busca la salida en el glaciar del silencio. Cada vez que logra derretir una capa de hielo, el camino se divide en tres direcciones. Y debajo hay otra capa más gruesa, que se trifurca a su vez. Y debajo otra… Y así hasta el infinito…

—Una vez me ocurrió de verdad, no me desperté durante varios días. Alguien me golpeó en la cara con un leño. No fue un desconocido, sino alguien a quien conocía bien. Me rompió las gafas y me hizo sangrar. Todavía conservo la cicatriz.

Ella mira la línea blancuzca que le cruza la cara desde el borde del ojo hasta la comisura de los labios. Percibe que los chirridos intermitentes de los insectos se interrumpen conforme la noche se hace más profunda; que lo único que atraviesa la malla de los mosquiteros de las incontables ventanas abiertas para combatir el calor es la negra oscuridad ondeante como un fantasma.

—Perdí por completo el conocimiento y me desperté en un hospital. Estaba en una habitación compartida, y las otras dos camas estaban vacías. Recuerdo que al ver la penumbra al otro lado de la ventana, me pregunté si estaría amaneciendo o anocheciendo.

*

En ese instante ella se acuerda de una palabra antigua que recuerda solo a medias y trata de atraparla en su mente. Es una palabra que empieza con el ideograma chino 唞 (*ho*) y que alude a la penumbra inmediatamente anterior a la salida o a la puesta del sol. Una palabra que hace referencia a ese momento en que hay que preguntar en voz alta a la persona que se acerca quién es, porque no se la ve bien. Se parece, en su origen, a la expresión occidental «la hora entre el perro y el lobo» y empieza con esa sílaba, *ho*... No puede completar la palabra, que se le queda dando vueltas en algún lugar más profundo que la garganta.

—En ese momento mi hermana y mi madre entraron en la habitación y soltaron un grito de alegría al verme despierto. Mi hermana salió corriendo a buscar a la enfermera. Vino una médica interna con el pelo algo revuelto, agotada después de la larga jornada, y me explicó cuál era mi estado. Para entonces la penumbra azulada ya se había vuelto completamente negra.

Una vez, de pequeña, ella se despertó de una larga siesta y se acercó gateando hasta la puerta que daba a una de aquellas oscuras cocinas de antaño. Deslizándose sentada sobre sus nalgas por los escalones, encontró a su madre de cuclillas junto a una estufa de gasolina, cociendo alubias en salsa de soja. Aún adormilada, le preguntó: «Mamá, ¿hoy ya es mañana?». Su madre le respondió estallando en una carcajada.

Una penumbra propia de la noche rezumaba de los rincones de aquella cocina antigua. Mucho más sólida y profunda, más duradera, que la penumbra de la madrugada. Así lo
había percibido ella intuitivamente, y por eso había preguntado si ya era el día siguiente.

—La doctora me explicó que había estado tres días inconsciente. Nadie sabía la razón, porque el traumatismo no
había sido tan grave…

Su rostro se pone extrañamente melancólico y sus labios
esbozan una leve sonrisa.

—Aquella fue la primera y también la última vez que dor-
mí tan profundamente, sin soñar nada.

La sonrisa se expande en silencio por toda su cara, como
la humedad sobre una tabla de madera seca.

*

—Con el tiempo… —su voz se hace más queda— solo veré
en sueños.

Parece haberse olvidado de con quién está hablando; parece estar hablándole a alguien que no se encuentra allí.

*

—Una rosa… Una sandía partida por la mitad que deja
ver su pulpa roja como una flor abierta… La noche de los
farolillos de loto… Los copos de nieve… El rostro de una
mujer… Entonces no despertaré del sueño y abriré los ojos;
cuando despierte del sueño, el mundo se apagará.

Sintiéndose cansada, ella cierra los ojos durante un largo
rato y los vuelve a abrir. No puede creer que se encuentre

en ese lugar. Cierra de nuevo los ojos y su conciencia quiere replegarse del presente. Quizá cuando los vuelva a abrir tenga ante sí el techo del salón de su casa y se encuentre durmiendo acurrucada en su sofá como siempre.

Experimentó la misma confusión unas horas antes, mientras esperaba en el aula vacía a que comenzara la clase. El profesor de griego, que solía llegar siempre antes que sus alumnos, no aparecía. Tampoco habían venido el hombre de mediana edad al que le gustaba sentarse detrás de la columna, ni el corpulento estudiante de posgrado que leía las palabras griegas expulsando el aire entre sus dientes apretados, ni el estudiante de filosofía granujiento que la miraba con ojos llenos de curiosidad.

La pizarra negra, el estrado, los pupitres, todo estaba vacío. Los dos ventiladores apagados miraban de soslayo hacia paredes opuestas, como si se ignorasen. Los espacios vacíos donde los estudiantes solían estar de pie o sentados, conversando animadamente entre ellos o hablando por el móvil, se le clavaron en los ojos, provocándole una extraña y dolorosa sensación. Probó a cerrar los párpados con fuerza. Su tiempo parecía estar desfasado respecto al de los demás. Como los compactos estratos rocosos de diferentes épocas que conforman un peñasco, quizá sus temporalidades no volvieran a coincidir. Se quedó un rato escuchando el ruido de los motores de los coches a lo lejos. De repente, empezó a guardar en su bolso el libro de texto, el cuaderno y el estuche de los lápices. Dejando la luz encendida, salió del aula sumida en el silencio y atravesó el pasillo oscuro oyendo el sonoro eco de sus tacones.

*

—¿Me está escuchando?

Su voz suena distorsionada, como si saliera de un altavoz cuyo sonido quedara amortiguado por la humedad del aire. ¿Es esta la voz del profesor de griego?, duda ella con los ojos cerrados. ¿Es la misma voz que ha escuchado durante meses en esa aula silenciosa? ¿Así de débil y temblorosa sonaba su voz?

*

¿No le parece raro?

¿No le extraña que tengamos párpados y labios?

¿Que a veces nos los cierren desde fuera, y que otras veces los cerremos con fuerza desde dentro?

*

Esforzándose por mantener abiertos los pesados párpados que se le cierran, recuerda, como sumida en un sueño ligero, una escena de su infancia: caía la tarde sobre el callejón que había delante de su vieja casa, y se disponía a salir de la mano de su entonces joven madre para ir a visitar a sus abuelos maternos. Ella era tan pequeña que no podía subirse sola la cremallera del abrigo. «Pasaremos por el mercado a comprar mandarinas», dijo su madre. Al oír aquellas palabras, aparecieron ante sus ojos las frutas de color naranja. Se sorprendió de poder verlas tan vívidamente aunque no las tuviera delante de verdad. Probó a pensar en un árbol y, como por arte de magia, ocurrió lo mismo: fue como si tuviera el árbol delante de sus ojos, aunque ante ella solo se divisaban la callejuela y los interminables muros de cemento de las casas bajo el sol de la tarde. Entonces las letras del alfabeto que había aprendido hacía poco empezaron a superponerse a la imagen del árbol. «Árbol», pronunció en voz alta, y se rio sola: «Árbol… árbol…».

*

—¿Le parece extraño todo lo que le estoy diciendo?

Ella abre los ojos y lo mira. Ve la vieja cicatriz y la nueva mancha que se ha hecho hace un rato al restregarse la cara con la mano sucia. Vuelve a cerrar los ojos y le parece ver, como por arte de magia, los rasgos del profesor cuando era pequeño.

—No quiero ser maleducado, pero me gustaría hacerle una pregunta. Espero que no se lo tome a mal… —Y baja un poco la voz—. ¿Es usted… muda de nacimiento?

*

El empapelado liso de color crema sigue cubriendo el techo y los libros permanecen inmóviles en las estanterías. Ya no se oyen los chirridos de los insectos. Lo único que rasga la quietud de la habitación en penumbra son los ruidos de los motores procedentes de algún lugar muy lejano. Por la ventana abierta entra una brisa húmeda como una toalla mojada. De repente siente la necesidad de limpiarse el sudor pegajoso de la cara con una toalla fría; también le gustaría limpiarle a él la mancha de la cara.

—Dígame, ¿a qué se dedica?

*

Ella se queda mirando fijamente sus ojos inquisitivos, sus labios tensos, la suave barba azulada que ha comenzado a crecerle en el mentón y las mejillas, como si las líneas y puntos que conforman su cara fueran signos o jeroglíficos que necesita descifrar; como si al dibujar ese rostro con breves pinceladas pudieran revelarse algunas palabras calladas.

A principios de la primavera de su segundo año en el instituto compuso una serie de poemas bajo el título «Jeroglíficos». Con humor candoroso, escribió que la «a» minúscula era como una persona con la cabeza gacha y los hombros caídos; que el ideograma para «luz», 光, recordaba a un arbusto de raíces profundas con las ramas extendidas hacia el sol; o que la exclamación 우우우 parecían o bien gotas de lluvia resbalando por el cristal de una ventana, o bien lágrimas deslizándose por las mejillas tras anegar las pestañas. Eran todos poemas luminosos, serenos e ingenuos, que no llegó a mostrarle a nadie.

Sin embargo, con el paso del tiempo su poesía perdió ese carácter. Poco a poco las palabras se volvieron temblorosas y entrecortadas, hasta que finalmente se descompusieron en unidades fragmentadas, o se pudrieron informes como pedazos de carne arrancada.

*

—¿Por qué quiere aprender griego?

Sin darse cuenta, ella se mira la muñeca izquierda. Debajo del coletero morado empapado por el sudor, siente la vieja cicatriz también húmeda. Pero no quiere recordar. Y si tiene que hacerlo, no quiere sentir nada.

Al final, sin experimentar sentimiento alguno, como si se acordara de otra persona con la que apenas tiene relación, recuerda aquel día. «¡Estás loca! —le espeta alguien en la oscuridad cuando ella recobra el conocimiento. «¡Todo este tiempo he dejado a mi hijo en manos de una loca!». La boca se le llena de palabras que pronuncian su lengua y su garganta, palabras sueltas, palabras resbaladizas que rasgan y hieren, palabras que saben y huelen a hierro. Sin embargo, antes de que las escupa, se clavan en ella como trozos rotos de una cuchilla de afeitar.

*

—¿Qué fue lo que escribió en el cuaderno aquel día?

Ella se roza los labios como si tocara los dientes gastados de una enorme pieza de engranaje. Como recordando un órgano atrofiado hace tiempo, busca a tientas en su cabeza la vía por la que antes brotaban temblorosas las palabras.

Ella es consciente de que no perdió el habla debido a una experiencia en particular.

El lenguaje se fue deteriorando en el transcurso de miles de años, desgastado por el uso de incontables lenguas y plumas. Ella misma lo fue deteriorando a lo largo de su vida, con su propia lengua y su propia pluma. Cada vez que empezaba a escribir una oración, notaba su corazón gastado; su corazón remendado, consumido, inexpresivo. Cuanto más lo sentía, más se aferraba a las palabras, hasta que un día las soltó y sus manos quedaron vacías. Los fragmentos mellados cayeron a sus pies. Los dientes del engranaje dejaron de girar. Una parte de ella, el lugar de su interior más desgastado por el uso, se desprendió dejando solo el hueco, como un mordisco, como la marca que deja una cuchara en el blando tofu.

*

No podía reconciliarse.

El mundo estaba lleno de cosas con las que no podía reconciliarse.

El cuerpo de un indigente hallado muerto en el banco de una plaza bajo varias capas de papel de periódico un día claro de primavera; los ojos apagados de la gente que viaja en el metro a última hora de la noche, mirando hacia otro lado mientras se rozan sus hombros sudorosos; el interminable desfile de coches sobre la autopista, con las luces rojas de los faros traseros encendidas un día de tormenta; los días que se suceden uno tras otro, arañados por miles de afilados patines de hielo; los cuerpos, que se desmoronan tan fácilmente; el intercambio de bromas tontas y endebles que se dicen para hacernos olvidar todo eso; las palabras que escribimos con fuerza sobre el papel para que nada quede en el olvido; y la fetidez que emana de esas palabras como espuma putrefacta.

A veces, después de un largo periodo de soledad o de enfermedad, en las horas previas al amanecer o bien entrada la noche, de pronto brotaban de ella palabras increíblemente prístinas y serenas que sonaban a un dialecto extraño. Pero no creía que eso pudiera ser una prueba de reconciliación.

*

Un cansancio parecido a una fuerte borrachera se apodera de ella. La voz de él resuena lejana, entrecortada, como en sueños.

—*Hay momentos en los que me parece sentir que la comprendo, momentos en los que quiero dejar de hablar y no decir nada.*

Ella se esfuerza por fijar los ojos en su rostro, por no apartar la vista de su mirada desenfocada.

—*Cuando escribo una oración con la tiza blanca sobre la pizarra oscura, me siento aterrado. Aunque yo mismo la acabo de escribir, sé que si me aparto diez centímetros no podré verla. Me aterra leer en voz alta algo que he memorizado. Me aterran todos los sonidos que mi lengua, mis dientes y mi garganta articulan con tanta tranquilidad. Me aterra el silencio del espacio por el que se expande mi voz. Me aterra no poder enmendar las palabras una vez pronunciadas, que esas palabras sepan mucho más de lo que yo sé.*

*

Ella no está muy segura de a quién pertenecen las palabras que acaba de escuchar. Agotada como se encuentra, todo le parece una alucinación en esa habitación terriblemente oscura y silenciosa. No puede oír nada, no puede atisbar en el interior de nadie.

—*A veces me siento como si me moviera a través de la niebla... Como la que se formaba los días de invierno sobre el lago de aquella ciudad desde primera hora de la mañana y cubría las calles hasta el anochecer; aquellas noches en que tenía que caminar muy despacio entre los edificios grises, con el cuerpo pegado contra los húmedos muros de piedra, sus frescos oscurecidos por la densa bruma; noches en las que nadie circulaba en bicicleta; noches en las que no se veía a nadie y solo se oían sus pesados pasos; noches en las que por mucho que caminara, parecía que nunca llegaría al gélido lugar donde vivía.*

*

Por mucho tiempo que haya pasado, hay cosas que ella nunca ha logrado entender.

¿Por qué la mordió su perro blanco aplastado contra el asfalto caliente?

¿Por qué lo hizo en aquel instante postrero?

¿Por qué le desgarró la carne con semejante rabia y porfía?

¿Por qué se empeñó ella, tan neciamente, en abrazarlo hasta el final?

*

—¿Me está escuchando?

Ella lo escucha y lo ve perfectamente, pero él no se figura lo mucho que eso le cuesta. Haciendo un esfuerzo colosal, lo mira a la cara, medio en sombras por el reflejo sesgado de la lámpara encendida sobre el escritorio.

—¿Puede escucharme desde ahí?

Ve que él se incorpora y se aproxima a ella moviendo los pies con cuidado. Ve las manchas de sangre que se han vuelto marrones sobre su camisa blanca. Ve que está más extenuado que ella, y cómo se esfuerza por no tambalear el paso.

*

—Lo siento. Es la primera vez que hablo tanto tiempo yo solo. Mientras habla, apenas consigue relegar el cansancio al fondo de su cara. Se inclina ligeramente y extiende hacia ella su mano izquierda. Ella le mira esos ojos que ya no llevan gafas, esos ojos que solo pueden distinguir la luz de la oscuridad, esos ojos que solo pueden percibir los contornos de su cara.

—¿Podría escribirme su respuesta aquí?

Le mira esos ojos que ya no buscan a tientas en la oscuridad. Son los ojos de alguien que ha estado hablado mucho tiempo solo, los ojos de alguien que no ha escuchado una sola respuesta.

—¿Quiere llamar a un taxi?

Ella se humedece el labio inferior con la lengua. Entreabre un poco los labios y luego los cierra con fuerza. Le toma la mano y escribe algo sobre esa palma con el dedo índice vacilante.

*

No.

Ambos sienten en la piel los trazos rectos y curvos, ligeramente temblorosos. No se ve ni se oye nada. Ya no existen labios ni ojos. Pronto se desvanece el temblor y también la tibieza. No queda rastro de nada.

Tomaré

el primer autobús.

20

MANCHAS SOLARES

Él se despierta por la fuerte lluvia. Está oscuro y la ventana está abierta. Tiene que cerrarla antes de que el agua lo moje todo. Busca a tientas las gafas en el escritorio junto a la cama y de pronto se acuerda de lo ocurrido la noche anterior. Casi al mismo tiempo siente un dolor sordo en la mano derecha.

Saca las piernas fuera de la cama y se pone de pie. Tanteando el aire con los brazos, avanza descalzo hacia la ventana que deja entrar el viento y la lluvia fría. Se esfuerza por distinguir la oscuridad menos intensa de la más profunda. Extiende los brazos; todavía están lejos la pared, el radiador y el largo banco debajo de la ventana. Por fin siente la humedad de las gotas de agua en su cara, sus brazos, sus manos. Encuentra a tientas la manija de aluminio y cierra la ventana de un golpe. Sus manos quedan empapadas, pero se oye menos el embate de la lluvia.

No tarda mucho en darse cuenta de que ella no está recostada sobre el banco. No siente sus movimientos ni su respiración tibia. «¿Habrán empezado ya a circular los autobuses?», se pregunta en un murmullo, pero su voz suena áspera, como si no fuera suya.

Se sienta en el banco y tantea la madera hasta tocar la sábana y la manta que le entregó en algún momento de la noche, y que ella ha dejado doblados en un extremo antes de irse. Se tumba sobre la ropa de cama y le parece sentir un vago olor a sudor y a jabón infantil de manzana. Se lleva las manos ante los ojos: lo blanco es el vendaje de la mano derecha y lo no tan blanco, la mano izquierda. Su piel recuerda antes que él los tibios trazos que recorrieron su palma haciéndole cosquillas.

Esa mano ligeramente dubitativa y temblorosa; ese dedo con la uña cortada al ras que no le hizo ningún daño; las sílabas que se fueron formando despacio; ese punto final como una chincheta sin clavo; esa frase que se fue dilucidando poco a poco.

Seguramente no te habrás dado cuenta, pero a veces me imaginaba que tenía una larga charla contigo. Que yo te hablaba y tú me escuchabas; que tú me hablabas y yo te escuchaba. Cuando estábamos los dos solos en el aula vacía esperando a que empezara la clase, a veces me parecía que realmente estábamos manteniendo una conversación.

Entonces levantaba la vista y te veía allí sentada como un despojo, como un objeto mudo salvado de un naufragio, como alguien roto por la mitad o incluso en pedazos más pequeños. En esos momentos me dabas un poco de miedo. Pero al mismo tiempo tenía la sensación de que si me aproximaba a ti y me sentaba cerca, tú te también te levantarías y te acercarías a mí.

Algunas noches me acordaba de tu atemorizante silencio, pero

el tuyo era totalmente diferente del de ella, que era como un inmen-
so cúmulo de luz ondulante. Tu silencio era como el de alguien que
da golpes bajo la capa de hielo queriendo salir; como una nevada
cubriendo un cuerpo lleno de heridas sangrantes. Por momentos
tenía miedo de que tu silencio se convirtiera en muerte, que te
murieras de verdad, que te quedaras realmente rígida y fría.

De pronto abre los ojos. No puede ver nada. En un gesto
casi de sumisión, los vuelve a cerrar y ve la oscuridad del
interior de los párpados. No se resiste y se deja llevar por la
soñolencia del alba que lo conduce hacia la negrura. Oye el
ruido de la lluvia abriéndose paso en sus oídos.

Si la nieve es el silencio que cae del cielo, tal vez la lluvia sean
frases precipitándose interminables.
    Las palabras caen sobre la acera, sobre las azoteas de los edifi-
cios, sobre los charcos negros, salpicándolo todo.
    Las oraciones en mi lengua materna se acumulan en las aguas
oscuras,
        los trazos curvos y rectos, los puntos que se desvanecen,
        las comas enroscadas y los signos de interrogación encorvados.

En el instante en que se queda dormido y se precipita en el
sueño, un sueño que parece a punto de desmoronarse, ve a
dos personas: un hombre mayor y una mujer joven. Con las
manos unidas delante del pecho, como pidiendo perdón, el
anciano de pelo blanco le hace una pregunta a la joven con
la voz temblorosa por la edad:

—Dime, ¿qué es este olor?

Ella empieza a describírselo. Habla con viveza, entusiasmo y precisión; con un desparpajo confiado que resulta casi intimidante.

—Estamos en un bosque de robles. Aquí y allá las raíces se levantan de la tierra como articulaciones y la hiedra trepa por ellas, envolviéndolas.

—¿Qué aspecto tienen los árboles?

—Troncos y ramas retorcidos... como si se fueran a abalanzar sobre nosotros. Como si fueran a enrollarse sobre nosotros y a tirarnos al suelo. Pero, oh... eso de ahí...

—¿El qué...? ¿Qué ves? —La voz del anciano suena aún más temblorosa—. No te quedes tanto tiempo callada. No quieras ocultarme las cosas feas o aterradoras que ves. ¿Qué pasa? ¿Qué está ocurriendo? —Hablando más rápido, más alto, temblando mucho, la apremia—: Dímelo con tus labios, con tu lengua, con tu garganta... ¡Dímelo ya! ¿Dónde estás? ¡Dame tu mano! ¡Vamos, di algo!

Un dolor lacerante le perfora el pecho. No puede encontrar la mano de ella. Esa mujer, su mano, ya no están. Rompe a llorar como un niño. De pronto abre los ojos y se da cuenta de que ha llorado más profusamente en el sueño que en la realidad. Apenas se deslizan un par de lágrimas tibias por su cara. No encuentra el menor consuelo, y vuelve a dormirse.

Esta vez no se trata de un sueño sino de un recuerdo.

Un pájaro negro se abalanza aleteando sobre él.
Las escaleras sumidas en las tinieblas.

La luz difusa de una linterna al fondo.
La cara blanquecina de ella que se le acerca.

Se despierta sobresaltado de ese recuerdo. Se interna en otro sueño.

Esta vez puede ver con claridad.

Hay un montón de gente desconocida en las frías profundidades de un espacio subterráneo que se bifurca en docenas de caminos.

Un aliento cálido emana de sus bocas.

Como cadáveres o actores de mimo, tienen las caras pintadas con ceniza.

Otro sueño se interpone furtivamente, como un ladrón.

Un escenario en penumbra. Una sala llena de espectadores aguardando a que comience la función.

En lugar de iluminarse, la oscuridad se hace más intensa.

Solo hay un extraño y largo silencio.

La función no comienza nunca.

Otra vez el ruido de la lluvia.

La cara oscura de una mujer del pasado.

Las gotas frías

caen sobre el paraguas,

sobre su frente morena,

sobre las venas que se marcan azuladas en su mano.

En sus oídos se clavan las palabras en alemán que ella pronuncia con una voz clara y bella que oye por primera vez:

Te lo dije, ¿no? Te dije que algún día tu existencia terminaría convirtiéndose en una falacia.

Una habitación familiar envuelta en vibrantes hebras de hilo azul.

Una larga carta con decenas de hojas llenas de orificios brillantes que ahora debe leer.

La vaga y fría silueta de alguien tumbado a su lado,

que desprende un olor a manzana.

En la palma

temblorosa,

un punto

tibio,

un grano de arena negra,

no, un fruto duro,

una coma

enterrada

en la tierra

congelada,

una pestaña

curvada,

una respiración

débil,

una espada

brillante

que espera

desde hace mucho tiempo

conteniendo el aliento

dentro

de la vaina

oscura.

Abre los ojos sobresaltado y se sienta. Se da cuenta de que se ha despertado por un ruido al otro lado de la puerta.

Se abre lentamente la puerta del apartamento y se ilumina un poco el vestíbulo. Se cierra la puerta y se oscurece de nuevo. Alguien se está quitando los zapatos. Puede adivinar su silueta, ya que ahora entra más claridad por la ventana a pesar de que afuera sigue lloviendo a cántaros. Al ver que la oscura forma se le acerca, él abre mucho los ojos y se frota la cara con la mano sin vendar. De los cabellos de la persona que se aproxima emana un inconfundible olor a jabón. Él tiembla de pronto, como si tuviera frío. De la silueta negra emerge una forma blanca y le toma la mano izquierda. Otra forma blanca se adelanta y empieza a escribir sobre su palma:

Es la hora
de que abran
las ópticas.

Él lee la frase sintiendo el tacto.

¿Tiene
la receta
de las gafas?

Él asiente con la cabeza.

Llueve.
Es mejor que
vaya sola.

Él se queda esperando. Desea que ella siga escribiendo. Siente la fría humedad que emana de ella.

¿Dónde está
la receta?

Él retira su mano con suavidad y se incorpora para dirigirse hacia el escritorio, pero de pronto, como si no pudiera evitarlo, se mueve hacia donde distingue la forma blanquecina de su cara en la oscuridad. Levanta el brazo izquierdo que tiembla incontrolable y, por primera vez, la abraza por el hombro.

No sabe que los labios de ella están rígidos como si tuviera la boca sellada con cinta adhesiva. Tampoco sabe que se marchó a su casa en el primer autobús, pero que no pudo conciliar el sueño; que se dio una larga ducha caliente frotándose el cuerpo con el jabón de su hijo; que se sentó en la mesa y abrió el cuaderno de griego; que escribió oraciones en esa lengua muerta con el ánimo de quien busca a tientas un camino debajo del hielo entre decenas de bifurcaciones, y que, con tenacidad, escribió al lado las oraciones insoportablemente vivas de su lengua materna.

Con los ojos abiertos en la oscuridad, sigue abrazándola por el hombro, como si estuviera midiendo su complexión y no quisiera equivocarse. Siente que seguramente se equivocará de todos modos. Y está realmente asustado.

Él no sabe dónde ha estado ella antes de venir. No sabe que ha estado esperando a su hijo delante de la escuela porque ese día empiezan las vacaciones de verano, y que no ha parado de buscar entre el bosque de coloridos paraguas hasta reconocer uno con el dibujo de Buzz Lightyear, y los pantaloncitos cortos de su hijo debajo, y la mancha de nacimiento del tamaño de una judía en la rodilla. El niño le ha dicho en voz baja, con expresión temerosa: «¿Por qué has venido hoy si nos vamos a ver mañana?». Ella se lo ha quedado mirando fijamente, le ha limpiado con la palma de la mano las gotas de lluvia que corrían por sus mejillas, y luego ha abierto la boca y ha intentado en vano pronunciar el nombre de su hijo y las palabras que tenía preparadas: «No tienes por qué irte tan lejos. Puedes quedarte conmigo. Podemos escaparnos juntos. Encontraré la manera de salir adelante».

Ella tiene la camisa mojada por la lluvia y el sudor. Dejando la mano vendada suspendida en el aire, él la estrecha más fuerte con el otro brazo y la atrae hacia sí. En el piso de abajo se oye el portazo que da alguien al salir de su casa.

Él no sabe que las gotas de lluvia han caído con estruendo sobre el paraguas mientras ella ha permanecido muda; que se le han empapardo los pies descalzos dentro de las zapatillas deportivas; que el niño le ha espetado: «Mamá, te tengo dicho que no vengas sin avisar, que no me gusta que nos despidamos en la calle»; que cuando ella le ha querido coger la mano para abrazarlo, el niño se ha escurrido como un pececillo, dejándole solo el roce de sus aletas suaves. Tampoco sabe nada de las gotas de lluvia que se clavaban en los charcos negros como largas y punzantes agujas.

El ruido de la lluvia se cuela por la ventana cerrada. Es un ruido ensordecedor, capaz de machacar y agrietar el asfalto, los edificios de la calle. Alguien baja por las escaleras arrastrando los pies. Se cierra de golpe otra puerta.

Sus corazones laten juntos, pero él no sabe nada de ella. No sabe que cuando era pequeña se quedó contemplando las penumbras del patio preguntándose si estaba bien que existiera en este mundo; no sabe que las palabras se le clavaban como una coraza de alfileres sobre el cuerpo desnudo; no sabe que en las pupilas de ella se reflejan los ojos de él, y que en estos se reflejan de nuevo las pupilas de ella, y así sucesivamente hasta el infinito; no sabe que eso la aterra, y que por eso aprieta con fuerza los labios, congestionados de sangre por la presión.

Con los ojos cerrados, él busca a tientas la parte más suave de su rostro. Acerca la mejilla a los fríos labios de ella. Bajo sus párpados, arde la fotografía del sol que vio en la habitación de Joachim hace mucho tiempo. Sobre la gigantesca esfera en llamas se mueven oscuras manchas, manchas solares que explotan y se desplazan sobre la superficie alcanzando miles de grados de temperatura. Si quisiera verlas de cerca, sus iris se quemarían por muy gruesa que fuera el negativo de película con que se protegiera.

Sin abrir los ojos, él le besa las cejas, el cabello húmedo cerca de la oreja. Como un eco respondiendo en la lejanía, ella le roza la ceja con las yemas de los dedos de su mano fría; luego resigue el contorno de su oreja y la cicatriz desde el borde del ojo hasta la comisura de la boca. En silencio, a lo lejos, explotan las manchas solares. Sus corazones y sus labios se superponen para siempre, uno sobre el otro.

21

BOSQUE SUBMARINO

Nos quedamos tumbados uno junto al otro en los bosques del fondo del mar.

En un lugar donde no había luz ni sonidos.

No podía verte.

Yo tampoco podía verme.

Tú no hiciste ruido alguno.

Yo tampoco hice ningún ruido.

Nos quedamos allí tumbados

hasta que por fin pronunciaste algo,

hasta que se escapó

una burbuja redonda y leve

de tus labios.

Estabas anhelante.

Daba miedo la quietud.

Estaba oscuro,

como la oscuridad más profunda de la noche,

como las profundidas abisales donde la presión aplasta a los seres vivos.

De pronto tu dedo índice empezó a escribir algo en mi hombro desnudo.

Bosque, eso fue lo que escribiste.

Me quedé esperando la siguiente palabra.

Cuando supe que no habría otra, abrí los ojos en la oscuridad y vi la borrosa mancha de tu cuerpo blanquecino en la negrura.

Entonces estábamos muy cerca.

Tan cerca que nos abrazábamos.

Seguía cayendo la lluvia.

Algo se despertó en nosotros.

Allí donde no había luz ni voces,

entre astillas de corales que no habían soportado la presión,

nuestros cuerpos trataban de subir a flote.

No deseando volver a la superficie,

rodeé tu cuello con mis brazos,

busqué tu hombro y lo besé.

Para que no siguiera con mis caricias,

me cogiste la cara y emitiste un breve sonido.

Lo oí por primera vez.

Un sonido leve y redondo como una burbuja.

Yo contuve la respiración.

Tú seguías respirando.

Te oía respirar.

Entonces comenzamos a subir lentamente.

Primero tocamos la brillante superficie del mar,

luego fuimos arrastrados con ímpetu a tierra firme.

Tuve miedo.

No tuve miedo.

Tuve ganas de llorar.

No quise llorar.

Antes de separarte por completo de mi cuerpo,

me diste un lento beso en la boca,

en la frente,

en las cejas,

en ambos párpados.

Fue como si me besara el tiempo.

Cada vez que se encontraban nuestros labios, la oscuridad
se hacía más densa.

La quietud se acumulaba como la nieve que borra para siempre todas las huellas

y nos iba cubriendo en silencio las rodillas, la cintura, y por
fin la cara.

0

Junto las manos delante del pecho.
Me humedezco el labio inferior con la lengua.
Me froto presurosamente las manos, en silencio.
Mis párpados *tiemblan como los rápidos aleteos de un insecto.*
Abro los labios, de nuevo secos.
Con determinación, inhalo más profundo y exhalo.
Cuando por fin pronuncio la primera sílaba, cierro con fuerza los ojos,
    convencida de que cuando los abra todo habrá desaparecido.

AGRADECIMIENTOS

Quiero dar las gracias a Kim Suyeong por sus traducciones del griego antiguo.